Charlotte Gingras

Freiheit nimmt man sich

Charlotte Gingras

Freiheit nimmt man sich

Aus dem kanadischen Französisch
von Rosemarie Griebel-Kruip

Patmos

Als junges Mädchen wollte *Charlotte Gingras* später Künstlerin werden. Heute ist sie Schriftstellerin, Fotografin und sehr an visueller Kunst interessiert. Außerdem redigiert und übersetzt sie für verschiedene kulturelle Einrichtungen. Jedes Jahr trifft sie hunderte von Jugendlichen in Bibliotheken und diskutiert mit ihnen über ihre Bücher.
Ihre Freizeit verbringt Charlotte Gingras gerne in Straßencafés und macht oft ausgedehnte Spaziergänge. Im Sommer zieht sie sich auf ihre kleine Insel, mitten in einem Fluss, zurück, um in Ruhe zu schreiben und die »Seeluft« zu genießen.

Wir danken THE CANADA COUNCIL FOR THE ARTS für den freundlich gewährten Übersetzungskostenzuschuss.

Titel der kanadischen Originalausgabe:
La liberté? Connais pas ...

Die deutsche Bibliothek – CIP Einheitsaufnahme

Gingras, Charlotte:
Freiheit nimmt man sich / Charlotte Gingras. Aus dem kanadischen Franz. von Rosemarie Griebel-Kruip. – Düsseldorf: Patmos, 2001
ISBN 3-491-37439-1

Nach der neuen Rechtschreibung

Umschlag: Bettina Bormann, Köln
Satz: Fotosatz Moers, Mönchengladbach
Druck und Bindung: Pustet, Regensburg
ISBN 3-491-37439-1
www.patmos.de

Inhalt

Wisst ihr, wie eine Mirabelle aussieht?
Wie eine kleine Pflaume, rund und gelb.
Man macht Konfitüre daraus oder Mirabellenschnaps.
Meine Mutter hat mir erzählt,
dass ich bei meiner Geburt ganz rund war,
mit einem blonden Haarbüschel auf dem Kopf.
Und kaum hatte sie mich gesehen,
nannte sie mich Mirabelle.

Schwarze Gedanken

Ich bin fast fünfzehn Jahre alt und ich habe keine Freunde. Hätte ich Freunde, würde ich sie bitten, mich Mira zu nennen. Auf Spanisch bedeutet Mira »schau«. Ich finde, das ist ein schöner Mädchenname: *Mira, die, die schaut.*

Mittags esse ich alleine in der Cafeteria, dann laufe ich durch die Flure und Treppen bis zur Bibliothek. Diese Schule ist ein wahres Labyrinth. Ich setze mich ganz hinten hin, in die Nähe des Fensters. Bevor ich ein neues Buch aufschlage, werfe ich einen Blick auf den jungen Ahorn, der auf dem Bürgersteig gegenüber wächst. Ich mag ihn. Ich mag diesen Baum, weil er noch ganz kümmerlich ist und versucht auf seinem Fleckchen Erde zu überleben, eingezwängt zwischen Asphalt, Autos, Fahrrädern und Fußgängern. Man nennt das lebensfeindliches Umfeld. Seine Blätter fangen an sich zu verfärben. Einige sind schon abgefallen.

Lesen hat mir meine Mutter nie verboten. Und seitdem ich begriffen habe, dass aus Buchstaben Wörter werden und dass aneinander gereihte Wörter eine Geschichte erzählen, habe ich mir immer stoßweise Bücher aus der Bibliothek ausgeliehen. Ich stopfe meinen Rucksack bis obenhin damit voll und trage sie in die kleine Souterrainwohnung in der Rue Amelanchiers, wo wir wohnen: sie und ich.

Jeden Abend liege ich im hinteren Zimmer quer auf meinem Bett und tauche in die Abenteuer der anderen ein. Ich verwandle mich in eine Biologin, die gemeinsam mit ihren Gorillas Blätter kaut, in einen Karibu, der mit hoch erhobenem Kopf durch die Tundra galoppiert, im April schwinge ich mich mit den Schneegänsen hoch über den Fluss.
Ich wühle mich durch zoologische Bücher, lerne die verschiedenen Tierarten zu unterscheiden, ihre Gewohnheiten, ihre Rufe. Elche fressen zum Beispiel für ihr Leben gern Seerosen und sie verlieren im Winter ihr Geweih. Ist das nicht unglaublich? Ein Tier, so groß wie ein Pferd, knabbert an Seerosen. Und ein Geweih, so breit wie eine Straße, wächst jedes Jahr neu.
Ich würde am liebsten die ganze Nacht durchlesen. Das geht aber nicht. Irgendwann höre ich ihre Schritte auf dem Flur. Ohne anzuklopfen, kommt meine Mutter herein: »Es reicht, Mirabelle.«

Nachdem ich das Licht ausgeknipst habe, kreuze ich meine Arme im Nacken, fixiere die Zimmerdecke und male mir etwas aus. Ich träume. Manchmal, wenn ich mir sicher bin, dass sie schläft, stehe ich leise wieder auf und schalte meine Nachttischlampe an. Meistens liege ich auf dem Rücken und schaue an die Decke. Dann erscheint immer dasselbe Bild: ein kleiner runder See, umgeben von Bergen, ein Holzsteg. Ich stehe auf dem Holzsteg, mache das Seil los, springe in das Boot, das sich vom Ufer entfernt. Ich tauche die Ruder in das durchsichtige Wasser, ziehe sie zu mir, das Boot gleitet mit kleinen Stößen vorwärts, ohne das geringste Geräusch. Sehr langsam treibe

ich bis zur Mitte des Sees und lasse den schwarzen Anker wie einen Kiesel in die Tiefe fallen.
Ich rühre mich nicht. Eine Forelle springt an die Oberfläche des Sees. Ein Platsch – und dann Ringe im Wasser, die immer breiter werden und, während sie auseinander laufen, allmählich verschwinden. Dann passiert gar nichts mehr – nur noch Stille.

Heute hat mich der Kunstlehrer zur Seite genommen. In der Schule wird er der »Vogelfänger« genannt, weil er anscheinend kranke Vögel pflegt. Ich frage mich, ob er die verletzte Meise auf seiner Türschwelle aufhebt, ob er ihre zerzausten Flügel streichelt, ihr das gebrochene Bein schient? Und die gestorbene Turteltaube, begräbt er sie hinten in seinem Garten?
»Mirabelle, du hast Talent, das weiß ich. Dein Lehrer vom letzten Jahr hat mir schon von dir erzählt. Aber du hast dir nicht die Mühe gemacht, die Übung über das Mischen der Primärfarben zu Ende zu bringen, und auch deine Arbeiten mit Tusche auf Aquarell oder die mit den Pastellstiften sind nicht abgeschlossen. Als würdest du auf halbem Weg stehen bleiben … Was hast du denn?«
Er weiß es nicht. Er weiß nichts über mich. Eine unsichtbare Hand drückt mein Gehirn zusammen und versucht mich ganz tief unter die Erde zu ziehen.

Meine Mutter sitzt mit ihren klirrenden Stricknadeln im Sessel. Ein großes, kanariengelbes Wollknäuel liegt zu ihren Füßen in einem Weidenkorb. Ich stehe vor ihr, mitten im Zimmer. Ich habe feuchte Hände. Ich habe immer feuchte Hände.

»Ich mag kein Gelb. Mit diesem Gelb sehe ich aus wie ein krankes Küken. Ich bin doch so blass. Ich will keinen gelben Pullover zum Geburtstag.«
»Sprich lauter!«, seufzt meine Mutter. »Man versteht nie, was du sagst.«
Ich balle die Fäuste hinter meinem Rücken.
»Ich mag kein Gelb. Mit diesem Gelb sehe ich aus wie ein krankes Küken. Ich bin doch so blass. Ich will das nicht, ich will keinen gelben Pullover zu meinem Geburtstag!«
Meine Mutter lächelt.
»Aber ja doch, Mirabelle, natürlich willst du dieses Gelb. Du wirst es mögen. Du magst es ja schon.«
Mit einem feinen Lächeln auf den Lippen strickt sie weiter. Und ich gehe mit meinen geballten Fäusten in mein Zimmer, meine Hände sind feucht und ich würde am liebsten losschreien.

Mein Zimmer gehört mir nicht wirklich. Aber es ist besser als früher. Früher schliefen wir im selben Zimmer, in zwei nebeneinander stehenden Betten. Nachts hörte ich sie atmen. Unmöglich, dabei zu träumen. Meine Mutter hat die Wandfarbe ausgewählt: Blassgrün. Sie hat die Tagesdecke über meinem Bett ausgesucht, das Bett und die Spitzenvorhänge am Fenster, die Kommode und alles, was darin ist. Aber nicht die darauf stehenden Erinnerungsstücke: meinen aus Holz geschnitzten Hund und meinen Vogel Brenda, ein Bussard mit ausgebreiteten Flügeln. Im Kleiderschrank hängen auf Bügeln Mäntel, Kleider und Hosen, die sie für mich genäht hat. Oben auf dem Schrank stapeln sich Kisten und Schachteln, gefüllt mit Stricksachen, Kleidungsstücken, Stoffen und Wollknäueln. Ich trage immer dieselben Sachen: schwarze Leggings und einen schwarzen Pullover. Wenn sie schmutzig sind, wasche ich sie und dann ziehe ich sie wieder an. Das macht sie wütend.

Ich kraule alle Katzen und Hunde, die mir auf dem Weg zur Schule begegnen. Ich glaube, ich habe angefangen Tiere zu streicheln, noch bevor ich sprechen und laufen konnte. Ich erinnere mich an eine lange zurückliegende Situation: Die kleine Nachbarin hielt mir ihr Kätzchen am Nackenfell entgegen und sagte: »Ich leih es dir, aber nur für eine Stunde!« Ich konnte gerade noch rechtzeitig die Hände ausbreiten, da rannte das Mädchen schon über die Straße. Meine Mutter nannte sie den ›Wildfang‹.
Das getigerte Kätzchen war schnurrend in meinen Händen eingeschlafen. Ganz vorsichtig habe ich es in eine Schuhschachtel gelegt, die mir als Puppenbett diente. Es schlief auf einer Seite liegend, eine Pfote auf seiner feuchten Nase. Ich breitete die Puppendecke über sein Fell, die meine Mutter aus Wollresten gestrickt hatte: ein Streifen rot, ein schmaler Streifen grün, ein Streifen blau, violett, braun, was auch immer. Das Kätzchen sah so zerbrechlich aus.
Ich berührte seine seidige Stirn mit einem Finger, flüsterte ihm zärtliche Worte zu. Ich hielt mein Ohr an die bunte Decke, dorthin, wo der Bauch eine kleine Erhebung zeigte, die sich beim Atmen auf und ab bewegte. Lange stand ich über das Kätzchen gebeugt.

In manchen Nächten erscheint der See nicht. Ich stehe auf und stelle mich vor den Spiegel, der über der Kommode hängt.

Ich ziehe das T-Shirt aus, das ich zum Schlafen trage. Im Schein der Nachttischlampe betrachte ich eingehend meinen Körper, der wie Unkraut wächst: zu lange Beine, zu lange Arme, knochige Hüften. Ich erkenne ihn nicht wieder. Das macht mir Angst. Ich schaue meine winzigen Brüste an, die rechte Brust wächst schneller als die linke, das finde ich beunruhigend. Ich fasse nichts an. Ich sehe mir beim Wachsen zu. Seit ich meine Tage habe, habe ich noch mehr Angst.

Man sagt, der Vogelfänger sei ein strenger Lehrer. Er soll mit den Schülern reden, als wären sie schon an der Universität. Ich finde, das stimmt nicht. Ich sitze ganz vorne im Klassenzimmer, er spricht zu uns über das Licht und ich verstehe alles, was er erklärt. Ich mag seine Stimme.

»Der Herbst ist die ideale Jahreszeit, um das Spektrum der warmen Farben zu beobachten. Es reicht von Gelbtönen bis zu den fast schwarzen Farbtönen, von allen Braunschattierungen über Ocker, Rot und Gold«, sagt er und zeigt uns die Farbpalette. »Schaut mal hier …«

Es klopft an die Tür, alle drehen sich um. Ein Mädchen steht auf der Türschwelle. Ein Mädchen mit einer Zeichenmappe unter dem Arm, mit einem wie ein Palmwedel wippenden Pferdeschwanz auf dem Kopf. Sie trägt eine Lederjacke, Leggings mit grünen und violetten Rauten, darüber ein kurzes Röckchen und schwarze Stiefeletten.

»Hallo«, sagt sie mit der rauen Stimme einer Rocksängerin. »Ich bin neu hier. Ist das Raum 230, der Kunstraum?«

Als ob man das nicht sehen würde bei all den Staffeleien, die an die Wand aufgereiht sind, den Hockern, der Farbtafel …

Den Jungen bleibt der Mund offen stehen, weil sie so schön ist und ihre Lippen karminrot glänzen. Der Vogelfänger heißt sie willkommen und sie stellt sich gleich vor.
»Ich bin Catherine. Ihr könnt Cath zu mir sagen.«
Dann nimmt sie auf dem einzigen freien Stuhl Platz – neben mir. Ehrlich gesagt wäre es mir lieber gewesen, wenn sie sich woandershin gesetzt hätte.
Der Lehrer schließt seine Erklärungen ab und gibt uns eine Hausaufgabe: Wir sollen uns einen Baum mit roten und goldenen Blättern suchen, ›einen schillernden Baum‹, präzisiert er, und eine erste Skizze anfertigen. Dann sollen wir den gleichen Baum mit Buntstift oder Pastellkreide malen. Wir haben zwei Wochen, um unseren Baum zu finden, ihn zu zeichnen und die Arbeit abzugeben.

Ich träume davon, nach der Schule ins Café STOP zu gehen. Natürlich ist das unmöglich. Sie wartet auf mich, den Blick auf die Küchenuhr gerichtet. Außerdem kann man sowieso nicht allein ins Café STOP gehen. Wie würde das aussehen, wenn ich am Tresen sitzen würde, ohne mich mit jemandem zu unterhalten. Wenn ich den Boulevard entlanggehe, um in die Rue Amelanchiers zu gehen, muss ich immer einen Blick durch die Scheibe werfen. Dahinter, auf den blauen Bänken, die am Fenster stehen, ist alles voller Lachen und Gespräche, die ich nicht verstehe. Und die Pommes dort sollen die besten der Stadt sein. Das erzählt man sich jedenfalls auf dem Flur in der Schule.

Ich hole das Telefonbuch und nehme es mit in mein Zimmer. Es ist wegen des Mädchens mit dem Pferdeschwanz.

Heute Mittag in der Bibliothek versuchte ich ein dickes Buch über die Säugetiere Kanadas zu lesen. Aber es ging nicht. Ich musste alle drei Sekunden hochschauen. Der junge Ahorn jenseits des Fensters, derjenige, der in feindlichem Umfeld zu überleben versucht, war verletzt. Man kann sich leicht vorstellen, was passiert ist: Ein Auto hat ihn gestreift und der Fahrer ist weitergefahren. Mir wird ganz kalt, wenn ich einen aufgeschürften Baum sehe. Und Fahrerflucht finde ich erbärmlich. Erst passen sie nicht auf, zerstören die Bäume, lassen sie einfach sterben und dann machen sie sich auch noch aus dem Staub.

Ich war also ganz in Gedanken versunken, hatte Angst um den Baum, als eine spöttische Stimme hinter meinem Rücken erklang: »Ich wette, du liest ständig, und wenn es das Telefonbuch ist, falls du gerade nichts anderes erwischen kannst.«

Das war sie. Sie trug einen Stapel Illustrierte unter dem Arm und ging an mir vorbei, ohne eine Antwort abzuwarten. Ihr Pferdeschwanz und ihre Hüften wippten. Weiß sie denn nicht, dass man in der Bibliothek still sein muss? Warum ist sie überhaupt zu mir gekommen? Was mischt sie sich in meine Angelegenheiten?

Also gut! Der erste Name im Telefonbuch ist Aabi und der letzte Zywicka. Zwischen diesen zwei Namen gibt es 1679 Seiten mit nebeneinander in Spalten aufgeführten Namen. Aber das sind doch die Namen von Menschen und diese Menschen laufen durch die Straßen, fahren mit der Metro, mit dem Bus, sie essen, reden, lachen und umarmen sich, oder?

Ich habe langes, dichtes Haar, das ich in einem geflochtenen

Zopf trage, der aussieht wie ein Tau, mit dem man ein Frachtschiff festmacht. Als ich klein war, kämmte mir meine Mutter jeden Morgen die Haare. Sie glänzten golden und waren so dicht wie jetzt. Sie flossen in Wellen an mir herunter und wurden immer länger. Man konnte sie fast wachsen sehen.
Sie zerrte mit dem Kamm, der auf der Kopfhaut kratzte, an meiner Mähne. Dann zog sie einen schnurgeraden Mittelscheitel, flocht die Strähnen zu zwei festgezurrten Zöpfen und befestigte an jedem Ende ein Gummi. Manchmal steckte sie die Flechtzöpfe zu einer Krone auf meinem Kopf zusammen.
Ich weinte, während sie mir die Haare entwirrte. Wie gerne hätte ich Haare wie die kleine, immer lachende und herumwirbelnde Nachbarin mit der Katze gehabt. Ich spielte weder mit ihr noch mit den anderen Kindern des Stadtviertels.
Als ich damals dem kleinen Wildfang nachschaute, fragte ich mich, ob kurze Haare wohl glücklich machten.

Gestern hat es geregnet. Heute, am Sonntag, fordert meine Mutter ihr Recht ein. Ich muss den marineblauen Mantel anziehen und den Schal aus Mohairwolle, eins rechts, eins links. Ich hasse Wochenenden.
Wir machen einen Spaziergang durch das menschenleere Viertel. Sie fasst mich am Arm und fängt an sich über die Nachbarn und deren lärmende Kinder zu beschweren. Über die Nachrichten der Tagesschau: nichts als Verbrechen und Unordnung. Sie macht sich auch Sorgen, weil sie diese Woche eine Modenschau im Fernsehen gesehen hat. Dabei hat sie das elfenbeinfarbene Kleid wieder erkannt, welches sie letztes Jahr entworfen hat, das mit dem runden Kragen und den Spitzen-

einsätzen, und vielleicht auch die Strickjacke aus Schafswolle. Ob sie jemand gesehen hat? Das Kleid hatte sie im Sommer ein- oder zweimal an. Die Strickjacke hat sie nie getragen. Sie lag immer in ihrer Schachtel. Und wenn »sie« ihre Sachen kopiert haben? Alleine der Gedanke daran lässt ihre Stimme schriller klingen: »Vielleicht haben sie meine Modelle geklaut? Man weiß ja nie.«
Ich laufe mit eingezogenem Kopf neben ihr her. Wer soll das sein, ›sie‹? Wer könnte sich denn für die Kreationen von Marie Petit interessieren? Für diese überdekorierten Kleider, diese fürchterlichen Strickteile.
Ich höre sie reden, aber ich höre nicht mehr zu. Ich lasse mich von ihr wie ein Kind an der Hand führen. Wir gehen lange. Ich starre auf die Ritzen unter meinen Füßen. Ich verliere mich in den Rissen im Asphalt. Ich bin ein Bussard mit ausgebreiteten Flügeln, ein Wanderfalke, ich schwebe über gepflasterte Felder, über Ritzen und Rinnsale, über Schluchten, auf der Suche nach Beute.
»Halte dich gerade, Mirabelle! Warum schiebst du deine Schultern so vor?«
Ich nuschele irgendetwas.
Sie schimpft: »Tust du das mit Absicht? Man versteht nie, was du sagst!«
Ein Nachbar begegnet uns und ich sehe sein überraschtes Gesicht. Manchmal stelle ich mir vor, dass die Leute aus unserem Viertel hinter unserem Rücken mit dem Finger auf uns zeigen, wenn wir vorbeigehen.
»Das ist ihre Tochter! Haben Sie sie gesehen? Das ist die Verrückte mit ihrer Tochter!«

Wenn ich mit meiner Mutter unterwegs bin, wenn wir, Straße für Straße, das wie ausgestorben wirkende Stadtviertel durchkämmen, habe ich das Gefühl, eine Hundeleine am Hals zu tragen. Von Zeit zu Zeit zieht sie an der Leine: »Bei Fuß, Mirabelle, bei Fuß!«

Der zu jung gestorbene Baum

Ich hatte mal einen Vater.

Als ich ganz klein war – ich habe ein Gedächtnis wie ein Elefant – hat er mir eine große Schachtel mit Buntstiften geschenkt. Er nahm mich auf den Schoß und ließ einen der hölzernen Stifte, der so spitz wie ein Dolch war, aus der Schachtel gleiten. »Kardinalrot!«, sagte er und ich zitterte vor Vergnügen. Er nahm einen anderen Stift, drehte ihn zwischen seinen Fingern hin und her. »Türkisgrün, wie der Pfauenschwanz! Rot, wie das Fell des Rotfuchses!« Und so ging das Spiel mit jedem der Holzstifte weiter. Ich erinnere mich an alle Farben der Schachtel: Blau, wie die Knickente und dann noch ein helleres Blau, Orange, Waldgrün, Salamandergrün, Gemsbraun. Als Letztes holte er immer Kolibrigelb, meine Lieblingsfarbe, heraus.
Erst später begann ich die Farbe Schwarz zu lieben und Gelb zu verabscheuen.

Ich höre auf zu lesen, schaue hoch. Einfach zu traurig, diese wahre Geschichte der Gorilla-Frau, die bis ins Herz von Afrika gereist war, um die Menschenaffen zu erforschen. Sie liebte die Tiere wirklich, konnte sie jedoch nicht vor Wilderern schützen, die sie jagten und töteten.

Zu alledem ist auch noch der Ahorn vor dem Bibliotheksfenster gestorben. Die Wunde war zu tief, er hat alle seine Blätter auf einen Schlag verloren. Ich nehme meinen Skizzenblock. Ich werde ihn mit dem Graphitstift zeichnen.

Als mein Vater noch bei uns lebte, wohnten wir in einer größeren Wohnung. Sie stritten unablässig miteinander. Meine Mutter verließ in der Nacht ihr Schlafzimmer und schlief in meinem Zimmer weiter, in dem Bett, das neben meinem stand.
Inzwischen kommt er nur noch selten und seine Besuche laufen fast immer gleich ab: Er legt einen Scheck auf den Küchentisch. Manchmal sagt er: »Drehen wir eine Runde mit dem Auto?«
Manchmal sagt er gar nichts. Er hat traurige blaue Augen und er kann mir nicht ins Gesicht schauen. Sie schreit. Er senkt den Kopf. Und ich? Ich möchte ... ich möchte woanders sein. Er geht wieder. Ich will nicht, dass er mich zum Abschied küsst, ich drehe mein Gesicht weg.
»Verschwinde! Hau ab zu deinen Mätressen!«, brüllt Mama. Dann wendet sie sich zu mir und flüstert: »Er geht zu den Huren!«
Zu den Huren kann er immer kommen. Sie öffnen die Beine und lassen ihn rein. So ist das.
Beim Licht der Nachttischlampe untersuche ich meine Brüste im Spiegel. Ich flehe die linke an, endlich die rechte einzuholen. Um ihr Mut zu machen, streichle ich sie wie einen kleinen Fischotter oder einen kleinen, verängstigten Nerz mit den Fingerspitzen.
Meine Bewegung wird bedächtiger, meine andere Hand legt

sich vorsichtig auf die andere Brust. Das ist schön. Warme Wellen durchfluten mich. Sie tun so gut, diese Wellen.

Es ist Sonntag. Mein Vater kommt, und als er den Scheck auf den Küchentisch legt, schaut er mich an, als erkenne er mich nicht wieder. Ein Schatten von Schwermut überzieht sein Gesicht und er murmelt etwas von einem charmanten, blonden, kleinen Mädchen, das so hübsch war. Das Kind saß auf seinem Schoß und er nahm eine Haarsträhne zwischen die Finger, fühlte, wie fest die Haare waren, und sagte: »Mit dieser Mähne könntest du einen Bus ziehen.«
Ich erinnere mich, dass er damals immer erst spät am Abend nach Hause kam und schon früh am Morgen wegging. Meine Mutter weinte und tobte. Ich hatte Angst, sie würde sich was antun. Sie starrte die Wand an und wiederholte: »Ich bin allein, ich bin allein, ich bin allein.« Das ist meine Mutter.
Und so warteten wir beide darauf, dass er zurückkam.

Ich habe Lust eine ganze Tüte Chili-Chips zu essen. Ich habe Lust in den Norden zu trampen, bis es nicht mehr weitergeht. Ich habe Lust mir die Wimpern abzuschneiden. Es gibt Tage, da habe ich tief drinnen in meiner Brust das Gefühl, bald zu explodieren und in tausend Stücke zu zerspringen. Das tut weh. Aber dann explodiert nichts, und ich habe zu gar nichts mehr Lust. Ich möchte mich nur noch auf mein Bett legen und abwarten, dass das Gefühl vorübergeht.

Vor langer Zeit bewahrte meine Mutter einen eigenartigen Pelz in ihrer Schublade auf: einen Rotfuchs, der sich in den

Schwanz biss, damit man ihn früher gut um den Hals der Großmütter drapieren konnte. Eines Tages hat sie ihn auseinander geschnitten. Der pelzige Körper wurde zu einem Mantelkragen umgearbeitet, mir gab sie den Kopf mit den Glasaugen. Ich muss zwei oder drei Jahre alt gewesen sein, das Alter, wo die Stirn eines Kindes gerade bis an die Knie der Erwachsenen reicht.

Einmal saß ich mit Fuchs unter dem Küchentisch. Ich drückte die Daumen unter sein Kinn, um sein Maul zu öffnen, gleichzeitig untersuchte ich seine runden, dicht beieinander liegenden Augen, die im Halbdunkel leuchteten. Ein Schauder lief mir über den Rücken und ich hörte schnell damit auf.

Stattdessen beobachtete ich nun zwischen den Stuhlbeinen die schlanken Beine meiner Mutter, die in der Küche auf und ab liefen. Ich richtete Fuchs auf diese Beine und drückte die Daumen noch einmal unter das Kinn meines Tieres. Es öffnete den Rachen und schloss ihn wieder.

Das brachte mich auf eine Idee. Leise schlich ich aus meinem Versteck, kroch zu meiner Mutter, die mir den Rücken zuwandte und am Küchenschrank beschäftigt war. Ich kniete mich hinter sie, schob den Kopf von Fuchs nach vorne. Er fasste sie am Saum ihres Kleides und ich ließ ihn los. Auf allen vieren rutschte ich in meine Höhle zurück. Meine Mutter bewegte sich weiter, der haarige Kopf folgte den Bewegungen ihrer Hüften und schwang hin und her, klammerte sich mit aller Kraft fest. Fuchs war sehr böse an diesem Tag. Aus seinen Augen schossen Flammen. Ich musste lachen in meinem geschützten Zufluchtsort.

Später habe ich Fuchs dann verloren oder es hat ihn jemand

weggeworfen, weil er ganz alt und völlig abgewetzt war. Fuchs fehlt mir.

»Kann mir jemand helfen?«
Ich drehe mich um, mein Herz schnürt sich zusammen. Eine junge Frau mit rotem Haar, mit einer dunklen Brille und einem weißen Stock in der Hand lächelt mich an und schaut dabei in eine andere Richtung.
»Ich bin zum ersten Mal in diesem Stadtviertel und kenne mich überhaupt nicht aus. Die Schule ist doch gegenüber, oder?«
»Ja. Kommen Sie!«
Einer Blinden kann man schließlich nicht seine Hilfe verweigern. Ich nehme ihren Arm und wir überqueren langsam die Straße. Ich habe Angst, dass sie stolpert. Deshalb gebe ich ihr zusätzliche Informationen. Das wird ihr von Nutzen sein, falls sie noch einmal hierher kommt.
»An dieser Stelle, vor dem Eingang der Schule, spüren Sie so viele Risse im Asphalt unter ihren Füßen, dass Sie gar nicht fehlgehen können. Sie müssen einfach nach rechts laufen. Dann geht es fünf Stufen hoch. Das Geländer ist auf Ihrer Seite. Ja. Sie haben es. Drücken Sie gegen die Tür, sie ist ziemlich schwer. Gleich links ist dann das Sekretariat.«
»Danke!«, sagt sie. »Du bist ein guter Führer!«
Ich bin plötzlich ganz unruhig. Wie kann sie sich einfach irgendjemandem anvertrauen, um die Straße zu überqueren? Und diese Schule erst, ein wahres Labyrinth.
All das bringt mich dazu, sie zu fragen: »Warum haben Sie keinen Blindenhund? Hunde sind besser als Menschen.«

Dort, in den fernen Ländern ist Krieg. Im Fernsehen wird darüber berichtet. Keiner weiß, dass im Souterrain der Rue Amelanchiers, in der Küche oder im Wohnzimmer, ebenfalls Krieg herrscht. Ein geräuschloser Krieg. Davon wird im Fernsehen nie gesprochen.
Hier ist Frieden, wenn ich schweige. Sie sagt: »Dieser Dreckskerl!« Ich schweige. Seit ich meine Regel habe, droht sie: »Komm mir ja nicht mit einem Kind!« Ich schweige. Sie sagt: »Du wirst das Gelb mögen!« Ich schweige, ich schweige, ich schweige. Ich kann derart gut schweigen.

Meine Hände sind feucht. Der Vogelfänger hat vorgeschlagen, die Baum-Zeichnungen vor der ganzen Klasse zu besprechen. Ob er wirklich so streng ist, wie man sagt?
Als er Catherines Zeichnung auf die Staffelei stellt, geht ein bewunderndes Murmeln durch die Klasse.
»Ich habe dieses Bild hier ausgewählt, weil die Arbeit die Farbenpracht und das Leuchten des Herbstes perfekt illustriert, die Natur packt ihre letzte Kraft in den vollen Glanz des Herbstes. Seht ihr die unterschiedlichen Nuancen der Gelb-, Orange- und Brauntöne? Seht ihr, wie ihr Baum richtiggehend den Raum sprengt? Seht ihr, wie hier das Leben wie ein Feuerwerk in alle Richtungen sprüht?«
Ich bin seiner Meinung. Für jedes einzelne Blatt ein Farbfleck. Ich weiß nicht, wie ihr dieses erstaunliche goldene Licht gelungen ist.
Er wendet sich zu mir. Jetzt schon! Das wird nicht gut gehen. Ich fühle es, ich fühle es, ich fühle es.
»Mirabelle, du hast meine Anweisungen nicht beachtet. Du

hast weder das Licht noch die Farbe herausgearbeitet. Wenn man den Anweisungen nicht folgt, gibt es dafür einen guten Grund, stimmt's? Und dann muss man besonders hart arbeiten ...«

Er legt meine Skizzen auf seinen Schreibtisch, wählt die oberste aus, die ich am besten finde, stellt sie auf die Staffelei zu der Zeichnung von Catherine. Neben dem Flammen sprühenden Baum sieht der junge aufgeschürfte Ahorn einfach schrecklich aus, ohne jedes Blatt ...

»Mirabelle ist einen anderen Weg gegangen. Anstatt den Glanz des Herbstes aufleuchten zu lassen, hat sie eine klare, harte Linie gewählt, hat den Stift wie ein Stilett benutzt ... Sie ...« Er zögert, legt die Zeichnung von Catherine weg, lässt mein Bild allein vor der Klasse stehen. Warum tut er das? Ich würde am liebsten davonlaufen.

»Nehmt euch die Zeit, diesen Baum zu betrachten, ohne den anderen, der ihn überstrahlt und uns daran hindert, diese viel strengere, raffiniertere und auch viel schwierigere Arbeit von Mirabelle zu sehen.«

Er zögert wieder, wirft mir einen Blick zu.

»Du ... für mich ist dein Baum ein Abbild des herannahenden Todes. Was du da gemalt hast, ist sehr schön, Mirabelle.«

In der Klasse ist es mucksmäuschenstill.

Dann sagt er noch ganz versonnen: »Ich habe den Eindruck, dass diese beiden Zeichnungen sich gegenüberstehen. Die zwei Seiten einer Medaille ...«

Der Vogelfänger geht die übrigen Zeichnungen sehr schnell durch. Er habe keine besonderen Bemerkungen zu machen, sagt er. Catherine und mir gibt er die beste Note.

Mein Vater kommt nicht oft, und wenn er kommt, ist immer Sonntag. Anstatt mit ihr spazieren zu gehen, begleite ich die beiden auf einer Tour in seinem Land Rover.
Wenn wir losfahren, beruhigt sich meine Mutter. Sie schweigt, mein Vater fährt und ist auch still. Wir fahren aufs Land oder in die Berge im Norden der Stadt. Ich sitze hinten und möchte sterben.
Ich sollte nicht bei ihnen sein. Ich sollte draußen sein, um … um was eigentlich? Um zu atmen? Um mich auf leisen Sohlen an die Jungen ranzuschleichen? Das kann ich nicht. Ich möchte weglaufen, wenn ihre Augen auf mir ruhen, hungrige Augen, als wäre ich eine appetitlich garnierte Pizza und sie hätten seit einer Woche nichts gegessen.
Das letzte Mal, als wir eine Fahrt im Auto gemacht haben, es war vergangenen Monat, saß ich wie üblich hinten und schaute verloren durch die offene Fensterscheibe. Vor einer roten Ampel hielt das Auto an. Zwei etwas ältere Jungen, sechzehn, siebzehn Jahre, standen auf dem Gehsteig herum und guckten ins Auto. Der eine starrte mich an, der andere pfiff.
Ich wurde rot, rutschte tiefer in den Autositz. Meine Mutter drehte sich abrupt um. Mein Vater lachte mir im Rückspiegel zu. Meine Mutter war wütend, mein Vater amüsierte sich. Worüber? Die Jungs gingen weiter, klopften sich gegenseitig auf den Rücken.
»Schönes Baby!«, sagte der eine. »Ja, nicht schlecht!«, antwortete der andere. »Hast du den Land Rover gesehen?«
Ihre Gesichter machten mir Angst und zogen mich an. Warum hatten sie diesen Besitzerblick? Und diesen Glanz in den Augen? Fanden sie mich attraktiv? Mich? Ich bin sicher, Cathe-

rine, das Mädchen mit dem Pferdeschwanz, kennt sich mit diesen Dingen aus.

Als sie mich neben dem Fenster entdeckt, kommt sie näher.
»Hallo! Ach! Das ist ja dein Baum dort an der Straße. Ich erkenne ihn wieder!«
»Psst! Nicht so laut, wir sind in der Bibliothek!«
Aber ich muss doch über sie lachen. Wegen ihres Palmwedels auf dem Kopf. Ihre Augen leuchten.
»Ups!«, macht sie und sagt dann etwas leiser: »In Kunst sind wir beide die Klassenbesten. Ich möchte mal Modedesignerin werden. Und du?«
Ich spüre, wie ich erröte, meine Hände werden feucht. Ich, die sich noch nie jemandem anvertraut hat, wage es zu flüstern.
»Tierillustratorin. Ich möchte Geschichten über Tiere schreiben. In die Wildnis reisen.«
»Wow, Mirabelle! Du hast vielleicht Pläne!«
»Du kannst Mira zu mir sagen!«

Für ein Mädchen röhre ich gut

Es geht mir besser. Es geht mir gut. Meine grauen Gedanken, meine khakifarbenen Gedanken, meine kohlrabenschwarzen Gedanken sind fast verschwunden. Mir geht es so gut, dass ich sogar den rosa Mohairschal angenommen habe, den meine Mutter für mich gestrickt hat. Ich wickle ihn dreimal um meinen Hals. Das hält schön warm.

Übrigens habe ich nicht nur schlechte Erinnerungen an meine Mutter. Zum Beispiel habe ich nicht vergessen, wie sie mir zu meinem fünften Geburtstag feuerwehrrote Leinenschuhe geschenkt hat. In diesem Alter ist man verrückt nach Feuerwehrrot. Meine Mutter hatte die Schuhbänder eingefädelt, die Schleifen gebunden und meine Füße liefen von ganz alleine.

»Schnell, Mama, schnell!«

Ich hüpfte im Flur auf und ab. Die Gummisohlen machten überhaupt kein Geräusch auf dem gewachsten Holzboden, sie rutschten nicht. Ich war überrascht, mich leicht und stark zur gleichen Zeit zu fühlen, wie ein wildes Tier im Wald. Eine Hirschkuh sprang da herum, rannte von der vorderen Tür bis zur hinteren Tür, bremste im letzten Moment ab und trabte wieder in die andere Richtung. Sie hatte Flügel an den Hufen, eine Hirschkuh mit leichten Schuhen; sie rannte davon, rannte davon, wollte davonfliegen.

Um zur Schule zu kommen, muss ich zuerst die Rue Amelanchiers entlang bis zum Boulevard gehen, dann laufe ich links zur Unterführung. Ich mag diese Unterführung nicht. Es ist immer kalt dort, sogar im Sommer. Außerdem schwitzen die Wände und im Winter sind sie von einer Eisschicht überzogen. Ich beeile mich, auf der anderen Seite wieder ans Tageslicht zu gelangen. Eine halbe Stunde Fußweg bis zur Schule. Eine halbe Stunde, um Marie Petit zu vergessen, ihre Zuschnitte, ihre Wollknäuel. Ich gehe schnell. Es ist kalt, es ist November. Ich komme am Park mit dem Ginkgo-Baum vorbei, an dem Tante-Emma-Laden, am Café STOP. Endlich bin ich vor der Schule. Ich kann es kaum erwarten, Catherine zu treffen.

Wir essen jeden Mittag zusammen in der Cafeteria und zweimal die Woche gehen wir zwischen halb vier und halb fünf, nach dem Kunstunterricht, ins Café STOP. Was den Stundenplan angeht, habe ich meine Mutter angelogen. Wenn man einen guten Grund hat, fällt das Lügen ganz leicht.

Bei meiner Rückkehr ich in die Souterrain-Wohnung, bin ich so aufgedreht, dass ich Angst habe, man sieht es. Ich habe eine Freundin. ICH HABE EINE FREUNDIN!

Wir sitzen uns im Café STOP gegenüber, auf der letzten Bank ganz hinten, und unterhalten uns. Catherine spendiert mir eine Portion Pommes. Sie hat mehr Taschengeld als ich und sie bezahlt fast immer. Ich erzähle ihr, dass ich Kunst und Graphik studieren möchte, dass man wohl sehr lange braucht, um ein richtig guter Maler zu werden. Der Vogelfänger hat in der Klasse darüber gesprochen. Bei Cath ist es ähnlich. Eines

Tages wird sie Kleider entwerfen, die in der ganzen Welt verkauft werden.
Über meine Mutter lasse ich nichts verlauten. Cath findet ihre Mutter merkwürdig. Ich bin erstaunt. Gibt es noch andere merkwürdige Mütter? Ihre Mutter besitzt einen schicken Secondhand-Laden mit Luxusklamotten im Stadtzentrum. Abends und am Wochenende bringt sie ihren Laptop mit nach Hause oder sie ist auf der Suche nach abgelegter Markenkleidung oder alten Hüten.
»Meine Mutter rennt am liebsten mit hohen Absätzen durch die Gegend. Sie trinkt ihren Kaffee im Stehen, schaltet die Spülmaschine an und wäscht gleichzeitig die Wäsche, sie steht um fünf Uhr früh auf, um ihre Buchführung durchzugehen.«
Meine Freundin seufzt. »Außerdem ziehen wir jedes Jahr um, weil sie Luftveränderung braucht. Eigentlich ist meine Mutter ganz in Ordnung, aber sie macht einfach zu viel. Weil sie vergessen will, dass sie unglücklich ist. Sie wartet noch auf ihn.«
»Auf wen wartet sie?« Als wüsste ich die Antwort nicht.
»Mein Vater hat mich nach meiner Geburt nicht mal angeschaut. Pffft ... weg war er! Ist einfach verschwunden, der charmante Prinz!«
»Dann konnte keine Prägung stattfinden.«
Catherine schaut mich mit großen Augen an.
»Was soll das denn sein?«
»Es ist so: Wenn ein Elternteil zum ersten Mal sein Baby in den Arm nimmt, verliebt es sich. Es möchte das Baby beschützen und es aufziehen. Das nennt man Prägung. Eines Tages war der berühmte Zoologe Konrad Lorenz dabei, als eine Gans aus ihrem Ei schlüpfte. Das Ei zersprang, Lorenz hat den Schrei

der Mutter nachgeahmt und die Gans ist ihm überallhin nachgelaufen, solange sie klein war. Er hat sie gefüttert, er hat sie im Arm gehalten, er hat sie beruhigt, wenn sie Angst und Albträume hatte, wenn sie sich die Knie aufgeschürft hatte oder so. Ich weiß, dass die Gans dachte, Konrad wäre ihre Mutter. Und ich bin überzeugt davon, dass dies mit den Vätern genauso abläuft. Schon gut, mir ist klar, dass Gänse keine Albträume haben und sich auch nicht das Knie aufschlagen. Kleine Mädchen allerdings schon.«

Ich hörte auf über Konrad Lorenz und seine Graugans zu sprechen, die ihm sogar ins Bett folgte, weil Catherines Augen voller Tränen standen.

Oh nein! Mein Ex-Vater erwartet mich vor dem Ausgang der Schule am Steuer seines Land Rovers. Er hupt, gestikuliert wild herum. Unmöglich mich zu verstecken. Anstatt in die Wohnung in der Rue Amelanchiers zu gehen, begleite ich ihn also ins Café STOP. Ich sehe, wie sich die Mädchen nach ihm umdrehen, als wir vorbeigehen. Sie finden, er sieht gut aus. Es ist mir egal, ob er gut aussieht. Wenn sie gerne so einen Vater hätten, können sie ihn haben. So einen will ich nicht.

Er bestellt warmen Apfelkuchen und ein Glas Milch, um mich zu besänftigen. Als ich fünf Jahre alt war, aß ich das gerne. Er sagt, ich müsse mir keine Sorgen machen, er hätte mit meiner Mutter telefoniert und würde mich nach Hause bringen.

»Wie geht es Brenda, dem Bussard?«

Er sagt immer das Gleiche, wenn wir uns alleine treffen. Wie geht es dem guten alten Bussard? Die Antwort wartet er nie ab. Beim letzten Mal war ich zwölf Jahre alt. Damals teilte er mir

mit, dass er mich zu einem wilden Campingurlaub mitnehmen würde, wie er es lange versprochen hatte. Meine Mutter erlaubte es nicht. Sie will auch nicht, dass ich zu ihm nach Hause gehe.
Ohne meine Antwort abzuwarten, fragt er mich, was ich später in meinem Leben einmal machen möchte. Er sagt noch, es sei sehr wichtig, seinen Beruf zu lieben, noch besser sei es, wenn man ihn leidenschaftlich liebe. Aha! Ich antworte, dass ich es noch nicht wisse. Er möchte gerne, dass ich ihn benachrichtige, wenn ich mir darüber im Klaren bin. Er will mir meine Ausbildung oder mein Universitätsstudium bezahlen. Er macht sich Sorgen um mich. Warum ich noch keine Zukunftspläne hätte, es sei allmählich Zeit darüber nachzudenken, oder?
Und dann, es ist als bremse er ab und gehe in die andere Richtung weiter, meint er: »Mirabelle, ich weiß, dass dein Leben zu Hause schwierig für dich ist. Deiner Mutter geht es nicht gut. Es ging ihr nie gut … Sie müsste …«
Ich halte mir die Ohren zu. Sanft zieht er meine Hände weg.
»Es war einfach zu hart für mich …«
»Nein!«
Mein Milchglas fällt um, ich springe auf, renne durch das Café STOP, laufe zum Boulevard, Richtung Unterführung. Ich will nicht mehr mit ihm sprechen, nie mehr!
Ich weiß, warum er gegangen ist, mein Vater. Er ist weggegangen, weil es zu hart war, mit einer halb verrückten Frau zusammenzuleben. Er ist einfach gegangen. So ist mein Vater eben: ein Feigling.

Catherine fürchtet sich vor gar nichts, was Jungen angeht,

meine ich. Während wir im Café STOP zusammen eine Portion Pommes essen, vertraue ich ihr mit verhaltener Stimme an, dass ich noch nie jemanden auf den Mund geküsst habe, und schon gar nicht mit der Zunge. Ich weiß gar nichts über diese nassen Küsse. Sie muss loslachen, als ich ihr das erzähle.

»Aber das ist überhaupt nicht schwierig, Mira!«

Sie beschreibt mir ihren Freund vom letzten Sommer, seine kleine, runde Brille, seine Jeans, seine langen Beine, seine sie umfassenden Arme. Ich fühle mich nicht besonders wohl dabei.

»Wie ist das ... wie war das, ihn zu küssen?«

»Als seine Zunge meine berührt hat, lief es mir kalt den Rücken hinunter!«, flüstert meine Freundin.

Sie will noch etwas anderes sagen, zögert aber.

»Weißt du, ich kann es gar nicht erwarten, einen neuen Freund zu haben!«

Ich entgegne nichts. Daraufhin zeigt sie mir ihre letzten Skizzen: Röcke, die auf und ab wippen.

»Siehst du, ich werde die Fältchen in der Taille ganz eng legen, ich werde granatroten Samt und pfirsichfarbenen Samt verarbeiten und einen karierten Stoff im selben Farbton ...«

Anstatt ihre Skizzen genau anzuschauen, starre ich auf ihre leuchtenden Augen, ihren roten Mund, der sich öffnet und schließt. Ich höre überhaupt nicht mehr, was sie mir erzählt, weil ich todtraurig bin. Ich möchte auch, dass mir ein Schauder über den Rücken läuft, und ich möchte auch Röcke, die schwingen. Über den Tisch hinweg halte ich mein Gesicht an das ihre. Catherine hört sofort auf zu reden.

»Was hast du denn? Du machst mir Angst. Was soll das?«

»Wenn du einen neuen Freund hast, werden wir uns nicht mehr treffen …«
»Ich liebe es, verliebt zu sein! Ich kann doch nicht die ganze Zeit über unsere Zeichnungen diskutieren. Das genügt mir nicht. Ich will alles haben!«
Mein Blick fällt auf die Pommes. Mir wird ganz schlecht, wenn ich sie so im Ketschup schwimmen sehe. Ich fühle mich so allein, plötzlich völlig allein gelassen. Ich wohne am Grunde eines Brunnens und meine Freundin tanzt da oben in der Sonne.
»Mensch, Mira, wir werden uns trotzdem sehen. Weißt du, ich wechsle meine Freunde oft!«
Ich stehe auf ohne ein weiteres Wort, packe meine Sachen zusammen und verlasse das Café STOP. Während ich auf den Tunnel zusteuere, sage ich mir, dass es nicht einfach ist, eine Freundin zu haben. Manchmal fühlt man sich dabei im Inneren ganz ratlos. Manchmal ist man eifersüchtig.
Zu Hause ist die Tür von innen mit der Kette versperrt. Ich läute. Als sie aufmacht, gibt sie mir eine Ohrfeige.
»Hast du gesehen, wie spät es ist? Wie der Vater, so die Tochter. Immer unterwegs!«

Während der Unterrichtsstunde des Vogelfängers lächelt mir mein linker Nachbar zu. Er hat volle Lippen und trägt einen Haarzopf. Er gefällt mir überhaupt nicht und trotzdem werde ich so rot, dass mir Catherine, die rechts neben mir sitzt, zu Hilfe kommt. Um abzulenken, fragt sie ganz beiläufig: »Mira, wie kommt es eigentlich, dass du mit der linken Hand zeichnest? Gerade eben, im Erdkundeunterricht hast du doch mit rechts geschrieben.«

Ich muss lachen und meine Röte verfliegt.
»Das Malen gehört mir ganz allein!«
Catherine kratzt sich mit ihrem Stift am Kopf.
»Du bist manchmal wirklich komisch!«, sagt sie und geht wieder an die Arbeit.
Sie kann nicht wissen, wie das war, als ich zum zweiten Mal schreiben lernte. Nachdem mein Vater gegangen war, wurde ich krank. Ich war in der zweiten Klasse und nahm bis zum Ende des Schuljahres nicht mehr am Unterricht teil. Meine Mutter nutzte die Zeit, um mir das Schreiben mit der rechten Hand beizubringen. Sie glaubte, es wäre nicht gut für meine Augen, weil ich, während ich mit links schrieb, mit der Hand Schatten auf mein Blatt Papier warf. Meine Mutter dachte, das Leben sei schon schwer genug. Man müsse nicht auch noch Linkshänder sein.
Sie schlug mein Heft mit den vorgezeichneten Linien auf und wählte eine Seite aus dem Lesebuch aus, die ich abschreiben sollte. Sie spitzte den Bleistift, setzte sich mit ihrem Strickzeug mir gegenüber an die andere Seite des Küchentisches. Es gefiel ihr, die Lehrerin zu spielen. Sie reichte mir den Stift, den ich mit der linken Hand ergriff, entriss ihn mir schnell, legte ihn in die gute Hand und schloss meine Finger darüber.
»Und jetzt schreib! Wir üben das nun jeden Tag und am Ende des Schuljahres bist du Rechtshänderin.«
Ende des Jahres schrieb ich mit der rechten Hand. Ans Malen hatte sie nicht gedacht. Deshalb gehört mir das Malen ganz allein.

Am Ausgang der Schule kommt uns ein Hund mit wedelndem

Schwanz entgegen. Er ist ganz aufgeregt. Er legt seine feuchte Schnauze in meine Hand und winselt. Cath weicht zurück.
»Diese Biester beißen in die Waden. Sie können dir ein Stück aus dem Bein reißen.«
In Sachen Jungen und Küssen ist meine Freundin Expertin. Mit Tieren kennt sie sich überhaupt nicht aus.
»Das ist kein Bullterrier, das ist ein Golden Retriever, der sanfteste Hund der Welt. Außerdem, wenn er beißen wollte, würde er das signalisieren, würde seine Zähne zeigen, knurren oder so.«
Ich lasse ihn an meiner Hand schnüffeln, will ihn nicht gleich streicheln. Wir geben uns beide Zeit. Wir respektieren uns. Er setzt sich, schaut mir in die Augen, reicht mir die Pfote. Ich kraule ihn zwischen den Ohren, während Catherine schimpft.
»Er ist eklig, voller Läuse und Sabber!«
»Ich liebe Tiere. Ich mag das, was ich in ihren Augen sehe. Es gefällt mir, dass sie anders sind als wir, und gleichzeitig fühle ich mich ihnen nahe. Ist das schlecht?«
Sie wirft mir einen erstaunten Blick zu, während ich den Retriever streichle. Sie zuckt mit den Schultern.
»Tiere sind das Einzige, womit ich mich auskenne, Cath …«
Ich weiß nicht, was ich machen soll. Wir waren auf dem Weg ins Café STOP. Ich wollte ihr die Geschichte von Strogoff erzählen … Wieder einmal habe ich den Eindruck, dass wir uns voneinander entfernen, dass wir keine Freundinnen mehr sind, ich habe Angst. Um das Thema zu wechseln, schlage ich vor: »Soll ich dir den Schrei der Schneegans im Frühling vormachen? A-onk! A-onk! A-onk!«
»Hilfe! Bitte nicht!«, jammert Cath und hält sich die Ohren zu.

Aber sie muss doch lachen. Ich sehe, wie sich ihre Mundwinkel wie von selbst nach oben bewegen.
»Und den Schrei der weiblichen Elchkuh? Das ist eine lange, monotone Melodie, es klingt ganz traurig und melancholisch!«
»Oh nein!«
Schade. Ich röhre gut für ein Mädchen.

An diesem Abend kann ich nicht einschlafen. Ich denke an meine Freundin. Seit sie da ist, verschwinden die schwarzen Gedanken, das stimmt. Mit ihr kann ich stundenlang reden. Sie ist eine richtige Quasselstrippe. Ich habe weniger Angst vor den Augen meiner Mutter, vor der Stimme meiner Mutter, ich lüge und möchte mehr denn je ganz weit weg von ihr sein.
Trotzdem bin ich unruhig. Ich habe eine Freundin und habe schon wieder Angst, sie zu verlieren … Ich würde ihr so gerne die Geschichte mit Strogoff erzählen. Aber sie würde sie nicht verstehen. Sie würde sagen: »Strogoff, ist das ein Russe?«
Wenn sie wüsste …

Strogoff

Im August letzten Jahres hat uns mein Vater ganz schnell für zwei Wochen zum Blockhaus gefahren. Wir waren beladen mit Kartons voller Lebensmittel und einigen Büchern. Als ich klein war, waren wir einmal im Frühling dort. Danach nie mehr …

Der Lac Perdu* ist sehr weit weg. Ich saß hinten im Auto und war in den Roman von Jules Verne vertieft, den mir mein Vater bei der Abfahrt geschenkt hatte: die Geschichte von Michael Strogoff. Dieser Strogoff wurde blind, nachdem man ihm ein glühendes Schwert in die Augen gestoßen hatte. Später marschierte er lange Zeit, geführt von einer jungen Frau, durch ganz Russland.
Von Zeit zu Zeit hob ich die Nase aus meinem Buch und schaute durch die Fensterscheibe. Ich erinnere mich noch, dass es am Ende keine Häuser mehr gab, nur eine schmale Straße, die immer enger wurde und sich zwischen Fichten und gelben Birken wand. Am Ende der staubigen Straße stand auf einem pfeilförmigen Schild: LAC PERDU und darunter, unterstrichen, SACKGASSE. Ich weiß, dass man, wenn man von dort nach Norden weitergeht, niemandem mehr begegnet.
Sobald wir die Wagentür geöffnet hatten und mit dem Gepäck aus dem Auto geklettert waren, attackierten uns die letzten

* *»Lac Perdu«: Verlorener See (Anm. d. Üb.)*

Stechmücken des Sommers. Krähen auf den Wipfeln der Fichten schrien uns zornig hinterher. Der Pfad führte runter zum See. Dort stand das Blockhaus. Es war ein winziges Häuschen mit einer grünen Veranda, die auf einen kleinen, runden See hinausging. Rundum erhoben sich die Granitblöcke der Berge und schotteten ihn ab. Der Lac Perdu war so tief, dass das Wasser ganz schwarz aussah.

Etwas weiter weg, auf der linken Seite, stand eine andere, baugleiche Hütte, deren tiefgrüne Veranda mit Fliegengittern geschützt war.
»Da wohnen im August ein paar alte Leute«, sagte mein Vater. »Sie sitzen den ganzen Tag in ihren Schaukelstühlen auf der Veranda und schauen auf den See.«
Als wir reingingen, zeigte mein Vater meiner Mutter gleich, wie man das Feuer im Holzofen schürte. Zuerst Zeitungspapier und Rinde, um das Feuer anzufachen, dann die Holzscheite, die von grauen Flechten überzogen waren und klebrig waren vor Harz, das knallte, sobald es Feuer fing. Man darf nicht vergessen die Klappe des Rauchabzugs zu schließen. Ich hätte mich gerne um das Feuer gekümmert und ich hätte es besser gemacht als sie, weil ich keine Angst davor habe. Mein Vater sagte, wir sollten das alte Boot nicht benutzen, es wäre kaputt und wir sollten vorsichtig mit der Petroleumlampe umgehen. Dann sagte er noch, dass er es eilig habe und noch vor Einbruch der Nacht wegfahren wolle, dass er wirklich nicht mehr auf einen Kaffee bleiben könne.
Er verließ das Blockhaus und lief den Pfad entlang. Ich folgte ihm bis zur Straße.

»Geh schnell zur Hütte zurück, Mirabelle, du wirst sonst von den Schnaken aufgefressen ...«
Als ich mich nicht rührte und nicht antwortete, fragte er mich: »Weißt du noch, als du klein warst und die kleinen Eichhörnchen auf die vordere Treppe kamen, um ganz nahe bei dir die Erdnüsse zu stibitzen? Wenn du etwas Geduld hast und ganz still wartest, kommen sie wieder.«
»Die Streifenbackenhörnchen«, sagte ich.
Und ich blieb am staubigen Straßenrand stehen, die geballten Fäuste tief in meinen Taschen – während er an der nächsten Wegbiegung verschwand. Dann ging ich zur Hütte zurück.
In der Küche war es still. Nur das Knacken des Ofens und die Seufzer meiner Mutter, die die Dosen verstaute, waren zu hören. Wir aßen Sandwich mit Tunfisch und Majonäse. Langsam ging die Sonne hinter den Granitbergen unter.
»Die Tür, Mirabelle, die Mücken!«
Als ich im Schrank wühlte, fand ich neben Mäuseköteln und Konserven ein altes Kartenspiel. Ich setzte mich an den Küchentisch und errichtete Kartenhäuschen. Ich fing hundertmal neu an, bis es klappte. Vor mir, zwischen Tisch und Fenster, baumelte ein Fliegenfänger von der Decke: tote Insekten, deren Beine im Leim steckten. Meine Mutter sagte, dass ich schlafen gehen solle.
In der Nacht weinte ich ein bisschen, ohne dass sie es bemerkte. Wir lagen zusammen in dem großen Bett, ich an der Wandseite. Ich bewegte mich überhaupt nicht. In der Hütte am Lac Perdu gibt es nur eine Küche und ein Schlafzimmer.
Am Morgen sagte meine Mutter: »Ich kann nicht so lange im Bett bleiben, ich frage mich, wie du das schaffst, bis elf Uhr

morgens zu schlafen. Leg dich beim Lesen nicht immer auf die Seite, das verdirbt die Augen. Und wenn du alle Bücher auf einmal liest, hast du nichts mehr für die anderen Tage. Steh auf und tu was!«
Ich reagierte nicht und las einfach weiter.
Nach dem Mittagessen spülte ich ab.

In der nachmittäglichen Ruhe machte meine Mutter eine Siesta. Ich saß auf der Veranda und las Michael Strogoff weiter, der strauchelte und ein Band über den Augen trug. Jenseits der Fliegengitter, unten auf den Steinen, lag das Boot am Holzsteg.
Ich stand leise auf. In der Küche nahm ich mir einen Apfel und das Insektenmittel. Ich griff nach der rot karierten, vergessenen Weste, die an einem Haken hing, nach den Gummistiefeln und nach meinem Buch. Ich ging noch einmal zurück, um eine Hand voll Erdnüsse zu holen, die ich in die Westentasche stopfte.
Als ich am Steg war, schöpfte ich mit Hilfe einer verrosteten Konservenbüchse etwas schmutziges Wasser aus dem Kahn. Die Ruder lagen in ihren Dollen. Ich löste das Seil und sprang in das Boot.
Ganz langsam glitt ich bis zur Mitte des Sees und ließ den kleinen schwarzen Anker in die Tiefe fallen.
Ich strich mir das Insektenmittel über Hals und Hände. Die Forellen sprangen an die Wasseroberfläche. Während ich Erdnüsse knabberte, betrachtete ich die Ringe, die immer breiter wurden und dann allmählich verschwanden. Ich schlug mein Buch auf und las meine Lieblingspassage: diejenige, in der der

blinde Michael Strogoff von dem jungen Mädchen über die Straßen Russlands geführt wird. Ich musste weinen. Es tat gut, um ihn zu weinen.
Eine Libelle ließ sich auf der Buchseite nieder. Und wieder sprang eine Forelle aus dem Wasser. Ein Platsch! Und dann Ringe auf dem Wasser, die langsam verebbten. Plötzlich ein Knacken am anderen Ufer des Sees. Ich schaute auf.
Er war riesig, mit einem gewaltigen Geweih. Er fixierte mich aufmerksam.
Und ich, mitten in meinem Boot, mitten auf dem See, in der rot karierten Jägerweste, wagte kaum zu atmen. Die Straßen von Russland waren verblasst. Wir waren nicht erschrocken. Weder er noch ich. Wir schauten uns an, regungslos, völlig ruhig. Der Elch beugte seinen Kopf herunter, um zu trinken. Ich rührte keinen Finger. Er war so schön.
Hinter meinem Rücken klapperte die Fliegengittertür. Die Donnerstimme hallte über den See. Sie brüllte irgendetwas, was ich nicht verstand. Allein diese Resonanz tat im Trommelfell weh. Ich hielt mir die Ohren zu. Der Elch war bereits im Gestrüpp von Farn und Zweigen verschwunden.
Sie hörte auf zu schreien. Ich wartete noch etwas ab. Ich nahm meine Hände von den Ohren und drehte mich langsam um. Ich stand mitten im Boot auf, die Beine gegrätscht, die Arme in der Luft. Und ich starrte ihr aus hundert Metern Entfernung direkt in die Augen. Wegen ihrer Schreie ist er weggelaufen. Wie ich sie hasste!
Ich fing an das Boot zum Schwanken zu bringen, indem ich mein Gewicht zuerst auf das eine, dann auf das andere Bein verlagerte. Anfangs nur leicht, dann immer stärker, noch stär-

ker. Wasser lief in den Kahn. Der ganze See wurde von meinen Wellen aufgewühlt.
Die alten Leute traten aus ihrer Hütte. Sie schauten zu. Keiner unternahm etwas, während ich das Boot mitten auf dem Lac Perdu mit meinen Hüften zum Tanzen brachte. Das Boot knackte, es knirschte, bekam einen Riss …
Danach? Oh! Danach! Den Rest der Ferien habe ich am Steg sitzend verbracht und ihn ganz leise gerufen: »Mmm … Mmm … Mmmagh … Mmmagh …«
Deshalb röhre ich so gut, für ein Mädchen.
Ach ja! Das habe ich vergessen. Ich habe ihn Strogoff getauft. Ich finde, das ist ein schöner Name für einen Elch.

Gierige Münder und zerschlagene Teller

Catherine kann es nicht fassen. Ich habe ihr gerade die Geschichte von Strogoff erzählt, in allen Details.
»Also, wenn du eine Geschichte erzählst, würde man schwören, sie ist wahr. Weißt du, du bist unglaublich! Du solltest Romane schreiben.«
»Cath, DAS IST WAHR.«
»Du warst tatsächlich in einen Elch verliebt? Das ist ein bisschen merkwürdig, findest du nicht?«
Ich finde das nicht. Was merkwürdig war, war diese plötzliche Wut in meinem Bauch, und das, was ich getan habe, als ich meiner Mutter mitten in die Augen blickte, dieser Tanz auf dem Boot. Übrigens sank das Boot in dem Moment auf Grund, als ich anlegte.
»Und deine Mutter? Was hat deine Mutter dann gemacht?«
»Nichts. Ich kletterte auf den Steg, das Boot ging unter. An diesem Abend kam der alte Herr aus der Nachbarhütte und hat uns zum Monopoly-Spielen eingeladen. Meine Mutter hat für uns beide abgelehnt. Das war alles …«
Catherine hört nicht mehr zu. Sie runzelt die Brauen, taucht eine Pommes halb in Ketschup, halb in Majonäse und sieht mich von unten an, als wäre ich eine Außerirdische.
»Gut!«, sagt sie schließlich, nachdem sie lange auf der Pommes herumgekaut und sie dann hinuntergeschluckt hat. »Lassen

wir die Elche mal einen Moment beiseite, genug davon, jetzt, wo du das Küssen lernen willst. Was würdest du – als deine erste Erfahrung – von deinem linken Banknachbarn halten?«
So ist meine Freundin, immer schnell entschlossen. Sie hat sicher Recht. Aber ich kann das doch gar nicht. Was mache ich mit meiner Zunge? Und mit meinen Armen? Schließt man dabei die Augen?
»Er gefällt mir nicht besonders ...«
»Perfekt! Umso besser. Hast du Kondome?«
Mir wird ganz schlecht und mein Gesichtsausdruck reizt sie zum Lachen. Ihr Palmwedel tanzt hin und her.
»Mira! Das war doch ein Scherz!«

Im Grunde ist es einfach.
Er lächelt mich an und ich dehne meine Lippen in Richtung Wangen. Er schlägt vor, mich nach dem Unterricht beim Vogelfänger bis an die Ecke der Rue Amelanchiers zu begleiten. Ich stimme zu.
Die Schulglocke läutet. Cath grinst mich an – bereit oder nicht – gehe ich los. Am liebsten würde ich mich verstecken, aber es ist zu spät. Er winkt mir zu, wir gehen zusammen raus. Draußen ist es kalt, inzwischen ist es schon fast Winter. Er zündet sich eine Zigarette an und wir laufen schweigend nebeneinander her. Wir sind nicht befreundet.
Ich sage mir noch einmal, dass er nicht schön ist, auch wenn die anderen Mädchen das Gegenteil denken und vor Neid platzten, wenn sie mich mit ihm sehen würden. Seine Hand zittert leicht auf meiner Schulter. Zum wiederholten Male sage ich mir, dass er mir nicht gefällt, dass ich im Zeichnen

tausendmal besser bin als er. Eins ist sicher: Er wird mich küssen.
Als wir am Park vorbeikommen, schlage ich vor, ihm den Ginkgo zu zeigen. Ich möchte nicht, dass er mich in der Unterführung küsst, und ich hoffe sehr, dass ein Kuss unter einem Ginkgo, selbst wenn er kein Laub mehr trägt, selbst wenn es überall kalt ist und eine dünne Eisschicht unter unseren Füßen knistert, ein gelungener Kuss sein wird.
»Was für einen King?«
»Der Ginkgo ist ein chinesischer Baum. Seine Blätter haben die Form von Fächern. Sie werden riesengroß. Früher, zwischen den Eiszeiten, wuchs er sogar in Grönland.«
Er sieht verwirrt aus. Gut, ich erzähle viel zu viel und wir sind nicht zum Unterhalten hierher gekommen.
Wir stellen unsere Taschen auf der Bank ab. Er legt seine beiden Hände auf meinen Rücken. Ich schaue zum Ginkgo hoch – bereit oder nicht, ich mach's – und öffne ein wenig den Mund. Ich muss wie ein Fisch aussehen, der nach Luft schnappt.
Seine Zunge profitiert davon und schiebt sich herein, überwindet die Barriere der Zähne. Sie erkundet langsam die Innenwände meines Mundes, als wäre er ein Keller, wo man jede Ecke untersuchen muss, jeden Winkel, das kleinste Versteck. Ich bekomme kaum Luft. Seine Zunge nimmt immer mehr Platz ein, sie ist weich und dick, schmeckt nach kaltem Tabak. Sie rollt sich um meine Zunge, während seine Arme mich an seinen Bauch pressen. Dort unten ist es hart.
Ein Jahrhundert später hole ich Luft. Es gelingt mir zu stammeln: »Entschuldigung, ich muss nach Hause!« Ohne auf ihn zu warten, renne ich bis zur Souterrainwohnung in der Rue

Amelanchiers. Meine Mutter näht gerade die Einzelteile ihrer neusten Kreation zusammen, ein bunt gemusterter Pullover. Sie ist überrascht.
Ich murmle: »Die Stunde war früher zu Ende!« und schließe mich im Bad ein. Ich putze mir die Zähne, spüle mir den Mund aus, bis das Innere meiner Wangen wie Feuer brennt. Es nützt nichts. Ich gebe auf, kann nichts dagegen tun, dass mir so schlecht ist: Ich erbreche mich ins Klo.

Im Café STOP will Cath alles über den nassen Kuss wissen.
»Seine Zunge fuhrwerkte in meinem Mund herum – ich konnte nicht mehr atmen.«
»Beim Küssen muss man durch die Nase atmen! Also wirklich, Mira, du bist ein hoffnungsloser Fall. Er hat dich doch nicht vergewaltigt.«
»Seine Zunge schmeckte nach Zigarette. Ich wollte, dass er aufhört. Ich konnte ihn doch nicht beißen. Er hielt mich so fest, ich traute mich nicht ihn abzuschütteln. Ich hab ihn einfach machen lassen ...«
»Wenn du es nicht wolltest, hättest du es ihm sagen müssen!«
»Aber ich muss doch üben. So geht das doch nicht weiter, alle anderen Mädchen tun es! Ich bin fast fünfzehn!«
Meine Stimme vibriert. Die Kussgeschichte geht mir auf die Nerven. Ich bin hin- und hergerissen. Ich habe Angst vor den gierigen Mündern der Jungen. Ihre Körper sind zu heiß, sie riechen so merkwürdig, sie drücken einen so fest mit den Armen an sich.
»Schade!«, murmelt Catherine. »Dabei war er ein so gut aussehender Junge ... und außerdem so nett.«

Ich weiß nicht, ob er gut aussehend oder nett ist. Aber ich weiß jetzt, dass ich das Küssen verabscheue. Ich werde nie mehr jemanden mit der Zunge küssen. Nie mehr!

Es ist Sonntag und mein Vater taucht auf, ohne sich angekündigt zu haben. Einen Monat lang ist er nicht gekommen. Länger noch. Ich bin gerade dabei, das Geschirr abzutrocknen, errichte Stöße mit sauberen Tellern. Er legt den Scheck auf den Tisch und verkündet: »Wir machen eine Spritztour!«
Und ich – was ist denn mit mir los? Anstatt meine Schultern einzuziehen und feuchte Hände zu bekommen, anstatt mich in mein Inneres zurückzuziehen, schaue ich ihn an.
»Nein! Ich nicht! Kümmere dich alleine um sie!«
Ich nehme einen Teller in beide Hände und werfe ihn auf den Boden, vor seine Füße, auf die Küchenfliesen.
»Kümmere dich um sie!«
Ich nehme einen anderen Teller, halte ihn über meinen Kopf. Peng!
»Kümmere dich um sie!«
Peng! Noch einer. Noch einer und noch einer! Alle sauberen Essteller! Die großen, die mittleren, die kleinen. Je mehr ich zerbreche, desto lauter schreie ich.
Es folgt eine große Stille voller Scherben.
Meine Mutter bückt sich und sammelt alles auf. Auf ihren Lippen spielt ein kleines, zufriedenes Lächeln.
Mein Vater steht dort bei der Tür und schaut mich mit seinen blauen traurigen Augen an. Dann geht er.

Während meine Mutter über ihre letzten Strickmodelle spricht

und über ihre Angst vor Dieben, untersuche ich den Gehsteig und versuche nicht mit dem Fuß auf einen Riss zwischen den Betonsteinen zu treten.
Als ich klein war, machte ich das immerzu: zwischen den Ritzen der Pflastersteine laufen. Und jedes Mal, wenn mein Fuß auf eine Ritze traf, hatte ich das Gefühl, er würde eiskalt. Das war sehr unangenehm, eine ganz kalte Fußsohle.
Heute mache ich es genauso. Ein, zwei, drei Schritte, ich balanciere mit dem rechten Fuß über eine tiefe Spalte. Ein, zwei, drei Schritte, mit dem linken Fuß über die andere Spalte.
Jetzt wird es komplizierter: Der Beton des Gehsteigs ist uneben, hat Buckel und Risse. Wenn ich draufkomme, wird die Kälte unter meinem Fuß unerträglich sein. Ich muss diese Stelle vermeiden. Die einzige Möglichkeit, das zu schaffen, ist, ganz dicht an der anderen Seite des Pflastersteins zu laufen – da gibt es weniger Risse – und einen großen Schritt zu machen.
Als ich klein war, wurde ich oft geschimpft wegen meiner Mäuseschrittchen, meiner Riesenschritte, meiner Fuchsschritte. Keiner wusste, warum ich diesen seltsamen Tanz während der Spaziergänge aufführte.
»Halt dich gerade!«, schreit eine Stimme von ganz weit her.
Es ist besser, sich nicht vorzustellen, was passieren würde, wenn sich, zum Beispiel während eines Erdbebens, die Spalten öffneten. Der Weg läuft lange weiter und er ist voller Fallen. Und da man aufmerksam, wachsam bleiben muss, hört man nicht, was sie sagt.

»Was macht deine Mutter eigentlich? Abgesehen von der Geschichte mit Strogoff hast du noch nie über sie gesprochen.«

Oh nein! Ich habe keine Lust. Ich möchte jetzt nicht an Marie Petit, die Verrückte, denken.
Aber Cath ist so hartnäckig wie eine Bulldogge, die an einem Hosenbein hängt. Wenn sie eine Frage stellt, will sie eine Antwort.
» ... Sie näht Mäntel, Röcke, Kleider, Blusen. Sie strickt Schals und Pullover. Sie legt alles in Schachteln, räumt es in Schränke, in den Flur, auf den Speicher. Und dann fängt sie wieder von vorne an.«
»Sie verkauft die Sachen nicht?«
»Nein.«
»Wovon lebt ihr dann?«
»Mein Vater gibt ihr Geld.«
»Warum?«
»Meine Mutter kann nicht arbeiten gehen. Sie ... sie ... Man könnte sagen, sie hat Angst vor Leuten. Außerdem ... fürchtet sie, dass man ihre Modelle klaut.«
»Aha. Und der Mohairschal, den du trägst, hat sie den gestrickt?«
»Hmm ja!«
»Meiner Mutter würde das gefallen. Alles, was so altmodisch ist, mit Fransen, ausgefallene Muster, Farben, die keiner trägt, all das mag sie.«
»Ich finde das furchtbar!«
»Ich auch.«

Scheinbar verfügt der Vogelfänger über eine besondere Gabe: Er spricht mit Vögeln. Und sie verstehen ihn offensichtlich. Die Leute bringen ihm regelmäßig Vögel, die sie zähmen wollen, zur Pflege. Er nimmt immer nur einen einzigen an. Ein Tier mit zerrupften Federn, das sich im hintersten Teil seines Käfigs versteckt, verwandelt sich in wenigen Tagen in einen unwiderstehlichen Freund, der sein Nest auf dem Kopf des Besuchers baut, ihm die Tonleiter vorsingt oder ihn beim Vornamen nennt. Es sei denn, er heißt Nebukadnezar. Der Vogelfänger macht erstaunliche Dinge mit Wellensittichen. Sie setzen sich auf seine Schulter und flüstern ihm Geheimnisse ins Ohr. Vielleicht sind sie in ihn verliebt.

Im hinteren Zimmer denke ich an Strogoff, seinen seltsamen Blick, die Freiheit, den Wald, die Bäume, den Himmel, die Vögel, an all das, was ich liebe. Ich muss noch etwas älter werden. Mein Vater kommt nicht mehr in die Wohnung in der Rue Amelanchiers. Er denkt wohl, zwei Verrückte sind zu viel für einen Mann. Die Schecks schickt er jetzt mit der Post.

Ich komme als Letzte in den Kunstraum. Ich hatte Brenda vergessen und musste schnell noch einmal zurück, um sie zu holen. Als ich die Tür zum Klassenzimmer öffne, den ausgestopften Vogel unterm Arm, fangen alle an zu kichern.

»Sie heißt Brenda und ist ein Bussard mit ausgebreiteten Flügeln.«

Wieder fangen alle an zu lachen, auch Catherine. Es stimmt schon, wie ich da so auf der Türschwelle stehe, mit meiner Habichtsnase und den weit aufgerissenen Augen, ganz rot im Gesicht, den Raubvogel mit den ausladenden Flügeln in meinem Arm, geben wir ein komisches Paar ab.

»Das ist doch Schwachsinn!«, knurrt mein neuer Banknach-

bar vor sich hin. »Wir werden zwei Stunden lang diesen ausgestopften Vogel zeichnen, nur weil es ihre Idee war.«
»Keiner hat protestiert, als Mirabelle vorgeschlagen hat, in dieser Woche Brenda als Modell mitzubringen. Hast du eine bessere Idee? Nein?«
Cath winkt mir zu, während ich durch die Klasse gehe. Ich stelle den Raubvogel auf einen Hocker, der auf einem Tisch steht, damit der Vogel mit seinen ausgebreiteten Flügeln über der Klasse schwebt. Der Vogelfänger installiert einen Scheinwerfer und gibt uns noch einige Instruktionen zum Gebrauch der Graphitstifte. Ich gehe zu meiner Freundin, die mir einen Platz neben sich freigehalten hat. Wir fangen alle an zu arbeiten. Man hört nur ein paar Seufzer, da und dort.
Mit Reißzwecken hefte ich ein großes Blatt Papier auf die Staffelei. Ich schaue mir Brenda ganz lange an, stelle mir vor, über ihre Flügel zu streichen, betrachte eingehend ihre Klauen, ihren Schnabel, ihre wilden Augen. Und dann fange ich an zu arbeiten. Ich skizziere in groben Zügen die Umrisse des Vogels, dann die wichtigsten Details: die Form der Flügel, die Füße, den Kopf. Die Augen des Raubvogels fülle ich schwarz aus. Jetzt geht es an die Flügel, zunächst die gefiederte Brust, ganz vorsichtig mache ich kleine Striche mit dem Stift, eine feine Schraffierung.
Die Zeit vergeht. Der Vogelfänger geht von einem zum anderen, korrigiert eine Linie, macht Vorschläge. Jetzt steht er neben mir: »Du musst mehr riskieren, sei großzügiger! Hier solltest du den Strich noch etwas vorziehen …« Er legt seine Hand auf meine Schulter, drückt sie leicht. In meinem Bauch wird es ganz warm. Das tut gut.

»Lehrers Liebling«, brummt mein neuer linker Nachbar.
»Wohl eifersüchtig, was?«, kontert Catherine.
Ich fühle mich einfach wohl in meiner Haut, schwebe über den Wolken. Es ist schön, neben meiner Freundin zu zeichnen, ich liebe die Vögel, ich liebe den Geruch von Stiften und Papier, ich mag es, wenn der Vogelfänger zufrieden mit mir ist.
Die Federn der Flügel gelingen mir nicht. Wie soll man das Flaumige, das Zarte und den Umriss des Motivs zusammenbringen? Die Stiftstärke ist zu hart, passt nicht. Und wenn ich als Alternative zu dem harten und trockenen Stift den weicheren benutze, kann ich dann wiedergeben, was ich sehe? Um schneller voranzukommen, halte ich jeweils den Bleistift, den ich gerade nicht brauche, zwischen die Zähne geklemmt. Das mache ich oft so. Ich mag den Geschmack von Holz im Mund.
»Die Stunde ist gleich zu Ende«, flüstert mir Catherine zu. »Kommst du nachher ins Café STOP?«
»Ich will noch die Flügelfedern fertig kriegen«, murmle ich und kaue auf dem Stift herum. »Ich komme nach.«

Als ich im Laufschritt ins Café STOP renne, pralle ich mit jemandem zusammen, den ich nicht gesehen hatte. Ein Frontalzusammenstoß. Ich lasse weder Brenda fallen, die ich im Arm halte, noch meinen Zeichenblock in der anderen Hand.
Der Jemand ist groß. Er trägt eine Lederweste. Seine Augen strahlen marineblau und am rechten Ohr funkelt ein goldener Ring.
Ich werde rot. »Entschuldigen Sie bitte!«
»Das macht nichts«, sagt er.
Er hat eine ziemlich raue Stimme, wie meine Freundin, und

kurz geschorene Haare. Ich erröte noch mal und stürze, Brenda fest an mich gedrückt, zum hinteren Tisch, an dem Catherine sitzt, die alles gesehen hat und sich halb totlacht.
»Er lässt dich nicht aus den Augen. Schau mal. Jetzt bückt er sich, um etwas vom Boden aufzuheben.«
Ich ziehe den Kopf ein, lasse mich auf die Bank fallen, stelle den Vogel auf den Tisch.
»Hör auf, Cath, bitte, das war schon peinlich genug!«
»Oh! Oh! Er kommt hierher«, flüstert meine Freundin, fast ohne die Lippen zu bewegen.
Er hält eine Feder zwischen Daumen und Zeigefinger.
»Das gehört nicht zufällig deinem Vogel?«
Ohne ihn anzuschauen, strecke ich die Hand aus, nehme die Feder und wispere »danke!«. Ich würde am liebsten im Boden versinken.
Er setzt sich neben mich und fängt an mit Catherine zu reden. Ich sehe in seinem Auge das Ultramarinblau aus meinem Aquarellmalkasten, ein dunkles, transparentes Blau. Schnell drehe ich den Kopf weg und betrachte die Feder, die ich in der Hand halte. Sie lachen, ich verstehe nichts von ihrer Unterhaltung, mein Herz schlägt zu laut. Aber da beugt er sich zu mir herüber.
»So dichtes, volles Haar wie deines habe ich noch nie gesehen.«
»Ich kann damit einen Bus ziehen«, sage ich und starre auf meine Feder.
»Aha! Beeindruckend. Darf ich mal anfassen?«
Er wartet die Antwort nicht ab, streckt die Hand aus, nimmt den Zopf, hebt ihn hoch.
»Ganz schön schwer«, sagt er, »und kräftig. Wie Wildseide.«

Er geht weg. Mein Zopf liegt tonnenschwer in meinem Nacken. Catherine erklärt, dass er aus taktischen Gründen mit ihr geplaudert habe, dass er mich aber mit den Augen verschlungen habe und ganz verwirrt wirkte, als er meine Haare berührte. Er heißt Marc.
»He, Mira! Warum nicht er?«
»Niemals! Bist du verrückt?«

In dieser Nacht liege ich lange wach. Ich kann einfach nicht schlafen. Ich stehe auf, gehe zu Brenda, die mit zum Fenster gewandtem Kopf auf der Kommode thront, zum Abflug bereit. Ich streichle ihre Flügel. Ich denke an die warme Hand des Vogelfängers auf meiner Schulter: »Ja, das ist gut, spiel mit den Linien und mit der Struktur, verliere dich nicht im Detail.« Ich berühre meine Wange mit der ausgerissenen Feder, die Marc im Café STOP vom Boden aufgehoben hat. »Gehört das zufällig deinem Vogel?« Ich schaue mich im Spiegel an, berühre meine Lippen mit der Feder, lächle mir zu. Meine Augen glänzen. Ich betrachte mich von vorne, dann von der Seite, klimpere mit den Wimpern. Ich frage mich, ob sie mich schön finden.

Mein zweigeteiltes Herz

Der Vogelfänger ist nicht zufrieden mit uns. Stück für Stück geht er die Zeichnungen von Brenda durch.

»Das ist nicht ausgereift. Keinem von euch ist es wirklich gelungen. Euer Strich ist steif, ihr versucht Löcher auszufüllen, man könnte meinen, ihr malt nach Zahlen. Also, wir machen das Ganze noch einmal.«

Er hat sich eine total verrückte Übung ausgedacht: Wir sollen unseren linken Handteller zeichnen – bei mir ist es der rechte –, ohne dabei auf das Blatt zu schauen, und jede kleinste Linie, den kleinsten Fingerabdruck wiedergeben.

Während wir unsere Utensilien vorbereiten, sagt Catherine zu mir: »Ich habe eine Idee. Was hältst du davon, wenn ich meiner Mutter von den Strickteilen erzähle?«

»Von den Strickteilen? Von welchen Strickteilen denn?«

»Na, die deine Mutter für dich gestrickt hat, Mira, alte Träumerin. Sie könnte sie im Secondhand-Laden in Kommission geben. Wer weiß, vielleicht lassen sie sich verkaufen …«

Meine Mutter und ihre Modelle verkaufen? Vielleicht würde sie mich dann in Ruhe lassen. Das wäre gut.

»Ich könnte versuchen bei unserem nächsten Spaziergang mit ihr darüber zu reden.«

Ich weiß schon, dass sie ablehnen wird. Sie hat zu viel Angst.

»Ihr geht zusammen spazieren?«

»Hmm ja. Samstags und sonntags.«
»Das würde ich auch gerne machen, mit meiner Mutter spazieren gehen. Man könnte sich so viel erzählen …«
»Etwas mehr Konzentration, die Damen, wenn ich bitten darf«, ermahnt uns der Vogelfänger. Aber er ist nicht böse, im Gegenteil, er lächelt mir gleichzeitig zu. Seit einigen Tagen kümmert er sich um einen Wellensittich, der in sehr schlechter Verfassung ist. Man hat ihm das Tier vorbeigebracht, weil es sich die Federn ausriss. Er hat es mir vor der Unterrichtsstunde erzählt und hat mich eingeladen, bei ihm vorbeizuschauen und mir ein Buch von Audubon, dem berühmten Tierillustrator, auszuleihen. Er hat mir auch gesagt, dass er einen Sohn hat und alleine mit ihm lebt.

Meine Mutter reicht mir den Telefonhörer.
»Schau an! Es ist dein Vater!«
In ihren Augen blitzt der Hass. Ich will jetzt nicht mit ihm sprechen. Zögernd komme ich näher.
Er teilt mir mit, dass er für drei Monate in den Norden reist, berufsbedingt.
»Gute Reise!«, sage ich.
»Hast du darüber nachgedacht, was wir neulich besprochen hatten, bezüglich deines Studiums, Mirabelle?«
Ich weiß auch nicht, was mit mir los ist, ich drehe mich zur Wand und flüstere hastig: »Tierillustratorin und Schriftstellerin.«
Er bleibt lange still. Er ist nicht zufrieden, das ist mir egal.
»Mirabelle, ich bin sehr glücklich. Du kannst auf mich zählen.«

Klick. Er hat aufgelegt. Oder war ich das?

Als ich klein war, nachdem mein Vater weggegangen war und wir umgezogen waren, nach der Bronchitis und dem Schreiblehrgang für die rechte Hand, malte ich viel in meine Malbücher. Eines Tages hatte ich an einem Nachmittag ein ganzes Malbuch voll gemalt. Das mit den Lokomotiven und den Eisenbahnwaggons. Ich saß am Küchentisch und hatte die dunkelsten Farben aus meiner Stiftekiste ausgewählt: Schiefergrau, Braun, Khaki, Schwarz.
Meine Mutter kam zu mir. »Du musst nicht nur diese düsteren Farben nehmen. Du kannst dir die Züge in allen Farben vorstellen«, erklärte sie mir. Sie beugte sich über meine Schulter und ich hatte Angst, dass sie mich mit ihrem Gewicht erdrücken würde, mit ihrer pinkrosa Bluse. Sie beharrte auf ihrem Vorschlag, ich lehnte ab, wollte nichts von den hellen Farben, die sie mir empfahl, wissen.
Ich antwortete: »In Wirklichkeit sind die Züge so, ganz schwarz und ganz grau«, und dann übermalte ich alle Flächen innerhalb der vorgezeichneten Linien, drückte dabei ganz fest auf. Mit verkrampfter Hand malte ich ein Bild nach dem anderen neu aus, von Anfang des Buches bis zum Ende. Schwarze Schornsteine, die Ruß ausspuckten. Graue Räder, die sich drehten und drehten und nirgends hinfuhren. Waggons mit geschlossenen Fenstern, die unablässig die Seiten überquerten.
Schließlich rutschten meine Farbstifte über die vorgezeichneten Linien, die Braun- und Ockertöne vermischten sich miteinander, die schwarze Farbe überdeckte die grauen Töne. Ich

schmierte einfach drauflos, malte alles voll, konnte gar nicht mehr aufhören. Die Seiten zerrissen unter den Attacken der Stifte.

Ganz hinten in dem kleinen Laden lachen wir derart, dass wir an zwei hysterische Hyänen erinnern. Catherine, die versucht mir einen Pferdeschwanz zu verpassen, ist völlig aus dem Häuschen. Meine Haare sind zu schwer und der Palmwedel hängt immer ganz schief auf einer Seite und fällt dann auseinander. Ich will ihren karminroten Lippenstift nicht auftragen. Das ist zu viel. Es ist einfach zu viel. Wir schieben uns in die Fotokabine, quetschen uns auf die kleine Bank. Um nicht herunterzufallen, müssen wir uns eng aneinander drücken, halten uns am Hals fest, Wange an Wange.

»Hoffentlich beschließt meine Mutter in diesem Jahr nicht, wieder umzuziehen«, seufzt Catherine zwischen zwei Fotos.

»Stimmt es wirklich, dass ihr so häufig umzieht?«

»Wie die Zigeuner mit ihren Siebensachen! ›Ich brauche Bewegung, meine liebe Catherine‹, sagt sie mir dann. ›Lass uns schauen, ob das Leben woanders nicht schöner ist. Komm, wir packen!‹«

Das Blitzlicht überrascht uns mitten im Gespräch, mit geöffnetem Mund.

»Und jedes Mal wechselst du die Schule und deine Freunde?«

»Jedes Mal!«

Au! Die Traurigkeit fegt über mich hinweg, wie ein scharfer Nordwind. Ich muss mich zum Lächeln zwingen. Eines Tages wird Catherine ohne Ankündigung aus meinem Leben verschwinden und ich …

Als wir dann die Grimassen auf den Fotos sehen, die geschlossenen Augen, die abrutschenden Frisuren, fangen wir wieder wie die Hyänen an zu lachen. Ich habe noch nie so gelacht. Um so zu lachen, muss man mindestens zu zweit sein.
Catherine wird ganz ernst.
»Du bist meine erste richtige Freundin, Mira, weißt du das?«

Manchmal wühlt meine Mutter in ihren Schachteln mit den Stoffresten, den Überbleibseln ihrer Kreationen. Die Schachteln stapeln sich auch oben auf dem Kleiderschrank und draußen in der Abstellkammer. In jeder Schachtel sind kleine, akribisch verschnürte bunte Päckchen: das, was von dem Gabardinemantel übrig blieb oder von der Bluse mit den Puffärmeln. Wenn sie mitten auf dem Küchenfußboden eine ihrer Überraschungskisten öffnet, ruft sie aus: »Ah! Die gestreifte Baumwolle! Die elfenbeinfarbene Seide! Erinnerst du dich an das Kleid mit dem runden Kragen? Und da, dieser rosa Flanellstoff des Hasenkostüms. Du hattest es an einem Silvesterabend getragen, da warst du fast noch ein Baby, du bist auf allen vieren gelaufen, mit den langen Ohren, die auf deine Pausbäckchen herunterhingen. Du warst so süß, meine Mirabelle!«
Ein anderes Mal sitzt sie ganz still da und streichelt mit dem Handrücken über einen schillernden Stoff oder über das Restbündel eines alten Kleides mit blauen und rosa Blüten auf weißem Grund. Ich weiß, woran sie denkt. Sie denkt, dass das Sommerkleid ein Meisterstück war, der rund geschnittene Rock schwang um ihre langen Beine, während sie mit ihrem Geliebten am Flussufer spazieren ging: meinem Vater.
Ich frage mich, ob sie damals ein bisschen glücklich war.

»Für sein Alter ist der Vogelfänger wirklich ein toller Kerl!«, meint Catherine und wirft sich auf unsere Bank hinten im Café STOP.
»Hmm! Mir gefallen seine Ideen, z. B. heute, die Übung mit der rechten Gehirnhälfte, eine Zeichnung seitenverkehrt anfertigen und eher das Äußere als das Innere malen. Er hat mich eingeladen zu …«
»Da kommt er gerade rein«, unterbricht mich Catherine. »Dreh dich nicht um!«
»Der Vogelfänger? Hier ins Café STOP?«
»Nein, du Dummerchen, Marc!«
»Wusstest du eigentlich, dass die rechte Gehirnhälfte alles gleichzeitig sieht und dass …«, stottere ich.
»He! Jetzt trenn dich mal von deiner rechten Gehirnhälfte! Er schaut hierher, er kommt. Gut, ich geh aufs Klo.«
»Nein. Bleib hier!«
Aber sie ist schon verschwunden und Marc setzt sich neben mich, als wäre das das Natürlichste auf der Welt, als würde er mich schon aus dem Kindergarten kennen. Ich weiß nicht, was ich machen soll. Ich habe feuchte Hände. Also hole ich meinen Aquarellfarbkasten aus meiner Tasche, deute auf das Ultramarin und sage leise: »Sie haben diese Farbe!«
»Was?«
»Deine Augen.«
»Ach wirklich?«, sagte er mit gleichgültigem Tonfall. »Weißt du was? Ich möchte gerne Fallschirmspringen lernen. Meine Eltern wollen das nicht. Noch zwei Jahre bis zu meiner Volljährigkeit, das ist eine lange Zeit!«
Er nimmt meinen Zopf in die Hand, seufzt.

»Ich möchte in der Luft herumfliegen, möchte fühlen, wie das ist, ins Leere zu fallen.«

»Mein Vater hatte mich mal zu einem Karussell mitgenommen. Ich hatte ein rosa Kleid an und ich hatte ganz viel Zuckerwatte gegessen, die dieselbe Farbe hatte wie mein Kleid. Dann habe ich mit dem Zeigefinger auf die kleinen, sich drehenden Flugzeuge gezeigt. Ich muss drei oder vier Jahre alt gewesen sein und ich wollte wegfliegen.«

Marc lächelt und befingert meinen Zopf. Er hört mir nicht zu, träumt von seinem Fallschirm, der zwischen Himmel und Erde schwebt. Dann steht er auf. Er hat es eilig.

»Wenn du nichts dagegen hast, würde ich gerne mal deine Haare bürsten. Wie heißt du noch gleich?«

»Mira, ja.«

»Miraja?»

»Nein M-I-R-A. ›Ja‹ war die Antwort für das Haarekämmen.«

Er zieht eine Grimasse, die ihm als Lächeln dient, und geht, wie er gekommen ist, mit seinem transparenten Blick und dem goldenen Ring im Ohr, der im fahlen Winterlicht leuchtet. Durch das Fenster des Café STOP sehe ich ihn weglaufen. Er wippt mit den Schultern, schlenkert mit den Beinen. Ich bleibe unbeweglich sitzen, das Gesicht auf die Handfläche gestützt, bis er verschwunden ist.

»Aber … wo ist er denn abgeblieben?«, fragt die enttäuschte Stimme meiner Freundin hinter meinem Rücken. Ich drehe mich um. Auf ihren Rocksängerin-Lippen funkelt das Karminrot wie ein Waldbrand.

Damals war mein Vater mit mir zum Karussell gegangen. Mit

rosa verschmiertem Kinn hatte ich dem Mann, der damit beschäftigt war, die kleinen Flugzeuge zum Drehen zu bringen, das Ticket hingehalten. Ungeduldig zeigte er mit dem Finger in eine Richtung.
»Dorthin, schnell!« Ich rannte so schnell ich konnte.
Die kleinen Flugzeuge berührten mit dem Bauch fast den Boden und waren mit Metallstangen an dem Pfosten in der Mitte befestigt. Ich lief schnell zu dem nicht besetzten Gefährt auf der anderen Seite des Kreises. Ich kletterte hoch, schob ein Bein in die Kabine, bis ich den Boden unter dem Fuß spürte. Mit den Händen hielt ich mich außen fest, wollte das andere Bein nachziehen ...
Da bewegte sich das Karussell plötzlich nach oben. Aber ich war noch nicht im Bauch meines kleinen Flugzeugs!
Ich wollte schreien: »Ich bin noch nicht drin! Ich bin noch nicht drin!«, aber ich hatte zu viel Angst, um zu schreien. Langsam begann die kleine Flugzeugstaffel sich zu drehen, ich klammerte mich mit beiden Händen fest, die Hälfte meines Körpers draußen, ein Bein in der Luft. Die Flugzeuge hoben und senkten sich abwechselnd, die anderen Kinder schrien vor Begeisterung, streckten ihre Arme in die Luft, damit ihre Eltern sie bewundern konnten. Das Karussell drehte und drehte sich mit einem kleinen, vor Angst fast gestorbenen Mädchen, das gleich herunterfallen würde.
Und mein Vater? Der war verschwunden.

Eilig renne ich durch den Irrgarten der Schulflure und suche eine Abkürzung. Ich werde zu spät zur Mathestunde kommen. In meinem Rucksack schleppe ich Schätze aus der Bibliothek,

die mich die Uhrzeit vergessen ließen: Geschichten über Wolfs-Kinder, das große Buch der Wale, ein Handbuch über die Aufzucht von Katzen und … Das darf nicht wahr sein! Ich habe mich im Flur geirrt und jetzt weiß ich nicht mehr, wo ich bin. Korridor G? Nie gewesen. Aufs Geratewohl laufe ich nach links, noch schlimmer: kein Durchgang!
Als ich kehrtmache, taucht am anderen Ende des Flurs eine junge Frau mit flammend roter Haarpracht auf. Mit hoch erhobenem Kopf läuft sie auf mich zu. Sogar von weitem erkenne ich sie wieder. Sie biegt ab und verschwindet, vor ihr zeichnet ihr Blindenstock Zickzacklinien. Offensichtlich ist die junge blinde Frau wiedergekommen und findet sich im Labyrinth der Schule besser zurecht als ich.

»Komm rein«, sagt der Vogelfänger. »Herzlich willkommen, Mirabelle!«
Zehn Minuten habe ich vor seiner Tür gewartet. Wage ich es? Wage ich es nicht? Seit zwei Wochen stelle ich mir den Besuch in Gedanken vor. Ich habe mit dem Finger auf die Klingel gedrückt und er hat sofort geöffnet, als hätte er auf mich gewartet.
Eigenartig, seine Wohnung. Das hier hat nichts mit der Souterrainwohnung in der Rue Amelanchier zu tun, so etwas habe ich überhaupt noch nie gesehen. Man hat einen guten Überblick, ist gleichzeitig im Wohnzimmer, in der Küche, in den angrenzenden Zimmern. Es gibt keine trennenden Wände. Mitten im Raum steht eine Bambusvoliere, in der die gesamte Vogelwelt der Galapagos-Inseln Platz hätte. Darin sitzt nur ein einziger Wellensittich, den Kopf unter die Flügel gesteckt. Wei-

ter hinten, neben den großen Fenstern, sind weiße Leinwände gegen die Mauer gelehnt. Auf einem Tisch, Farbtuben und das Buch von Audubon, das er mir leihen wollte.

Er führt mich zur Voliere, öffnet die Tür.

»Na komm«, flüstert er dem unbeweglich auf der Stange sitzenden grünen Etwas zu. »Schau, Beatrice, schau, wir haben Besuch.«

Während er den Wellensittich ermuntert, auf seine Hand zu klettern, bemerke ich, dass der Vogel keine Federn mehr auf der Brust hat. Man sieht die rosige Haut.

»Armes kleines Tier. Warum macht es das?«

»Man weiß nicht immer genau, warum sich ein Vogel selbst verletzt«, sagt der Vogelfänger und streichelt den Wellensittich. »Parasiten, eine unbekannte Krankheit ... Oft ist das Ausrupfen der Federn die Folge einer Frustration und man muss herausfinden, worin die besteht. Wenn der Vogel sich verletzlich fühlt, ohne einen Platz, um sich verstecken zu können, muss man ihm ein kleines, geschlossenes Häuschen bauen. Wenn er sich paaren möchte, muss man einen Partner für ihn finden. Wenn er sich langweilt, muss man mit ihm spielen. Wenn der Käfig zu klein ist, gibt man ihm einen größeren. Vielleicht schläft er nicht genug ...«

»Wird Beatrice wieder gesund?«

»Ganz sicher. Ihre Besitzer kümmerten sich nicht genug um sie, sie fühlte sich einsam. Beatrice ist nicht kompliziert, weißt du. Ein wenig Aufmerksamkeit reicht schon.«

Während Beatrice auf dem Arm des Vogelfängers herumklettert und bis zu seiner Schulter spaziert, denke ich mir, wie gut ich es nachvollziehen kann, dass der Wellensittich sich ein-

sam fühlt. Mir ging es genauso, bevor Catherine meine Freundin wurde. Jedes Mal, wenn ich mich alleine fühlte, wenn die schwarzen Gedanken auftauchten, riss ich mir eine Feder aus. Der Wellensittich nähert sich dem Gesicht des Vogelfängers und beginnt an seiner Wange zu knabbern.
»Sie gibt Ihnen kleine spitze Küsschen.«
»Möchtest du sie mal nehmen?«
Ich strecke meinen Handrücken aus, der Vogel hebt sein kleines Köpfchen. Ich schiebe meine Hand näher, bis sie die Hand des Vogelfängers berührt. Der Wellensittich läuft von ihm zu mir, klettert meinen Arm hoch bis zu meiner Schulter. Am Hals, direkt am Haaransatz, fängt er vorsichtig an zu knabbern.
»Ah! Das kitzelt!«
»Sie mag die Wärme der Haare«, sagt der Vogelfänger und lächelt. »Offensichtlich geht es ihr schon viel besser.«

Ich schlafe nicht. Im Spiegel über der Kommode sehe ich zwei riesige Augen, hinter denen das restliche Gesicht verschwindet. Es ist, als wollte ich die Welt mit meinen Augen verschlingen. Ich lege meine Hände auf meine Brüste.
Ich wünschte, der Vogelfänger nähme mich in seine Arme, drückte mich an sich. Meine Augen starren mich aus dem Spiegel heraus an. Sie schimmern feucht. Seltsam, meine Augen. Zwischen meinen Schenkeln wird es feucht und ganz heiß. Meine Hand gleitet über meinen Bauch und berührt mich dort. Er muss fünfunddreißig oder vierzig Jahre alt sein. Die Mädchen an der Schule finden ihn zu alt. Ich finde das nicht.
Meine Finger berühren meine Vagina. Ich habe das Gefühl in-

nerlich zu zerfließen. Im Spiegel öffnet sich mein Mund von allein. Meine Beine knicken ein. Ich gehe zurück ins Bett, grabe mich in die Decken ein und streichle mich weiter. Mein Körper wiegt sich hin und her. Meine Finger wandern, kommen und gehen, langsam, etwas schneller … Ich kann nicht mehr aufhören.

Irgendetwas in mir explodiert, ein wilder Schrei. Hat sie mich gehört?

Nein. Ich habe mir auf die Lippen gebissen. Ich habe innerlich geschrien.

Gebrochene Flügel

Im Café STOP essen wir zu dritt eine Portion Pommes. Draußen fällt samtiger Schnee und es ist schon fast dunkel.

»Ich sehne mich bereits jetzt danach, wieder Fahrrad zu fahren und Rollschuh zu laufen«, seufzt Catherine. »Richtig heiße Sommerabende und Mango-Eis.«

Ich werde während der Sommerferien weder Fahrrad fahren noch Rollschuh laufen. Das geht meiner Mutter zu schnell. Ich könnte davonrollen, nicht mehr wiederkommen, dann gäbe es gar niemanden mehr in ihrem Leben.

»Nächsten Sommer kann ich bei meiner Mutter arbeiten. Als Verkäuferin von alten Spitzen, Netzstrümpfen und perlenbestickten Kleidern. Könnt ihr euch das vorstellen?«

»Ich«, sagt Marc, der gar nicht zugehört hat, »ich arbeite in der Wiederaufforstung. Letztes Jahr habe ich Tausende von Weißfichten auf der Gaspéhalbinsel* gepflanzt. Ich spare für einen Fallschirmspringerkurs.«

Catherine zieht abwehrend die Nase hoch.

»Igitt! Im Dreck herumwühlen. Das würde ich nie machen!«

Sie sind wirklich lustig, diese beiden: nie gleicher Meinung und trotzdem so ähnlich. Sie haben vor nichts Angst, stürzen sich ins Leben.

* *Gaspéhalbinsel: Die waldreiche Gaspéhalbinsel gehört zur Provinz Québec. (Anm. d. Üb.)*

»Die Weißfichten sind sehr typisch für den Norden«, sage ich, »und ihre Nadeln wachsen rund um den Zweig, während die Balsamtannen …«

Aber keiner hört zu oder rede ich vielleicht zu viel? Also bin ich still.

Das mit Marc ist einfach zu viel für mich. Marc ist zu schön … außerdem denkt er nur an eine Sache: ans Fliegen. Trotzdem habe ich immer meine Bürste in der Tasche, bin auf jeden Fall gerüstet.

An meinem Geburtstag überreicht mir meine Mutter schließlich das Überraschungspaket: Darin liegt der gelbe Pullover.

»Probier ihn an, meine kleine Mirabelle«, sagt sie mit ihrer sanftesten Stimme.

»Nein!«

Ich renne den Flur entlang, schlage meine Zimmertür zu. Ich habe Lust zu brüllen wie das Wolfs-Kind. Stattdessen nehme ich das dicke Buch über Audubon, das auf der Kommode liegt, und lasse mich auf mein Bett fallen.

Hassen andere Mütter ihre Töchter auch, weil sie erwachsen werden und sich schwarz anziehen wollen? Oder macht das nur meine Mutter?

Offensichtlich hat Audubon sein ganzes Leben lang Vögel beobachtet. Er unternahm ganz allein lange Reisen, arbeitete sich in die abgelegensten Wälder vor. Er suchte und suchte, immer weiter. Von seinen Expeditionen kam er mit fabelhaften Zeichnungen zurück. Ich werde niemals so gut zeichnen können wie er. Das ist einfach zu schön, diese feinen Farbabstufungen, diese Genauigkeit im Detail. Niemals werde ich so gut sein. Manchmal fühle ich es ganz stark, dass ich das nie schaffen werde. Nicht nur das Zeichnen, auch das Erwachsenwerden. Das Weggehen.

Wir müssen den Schnee auf der Holzbank wegwischen, bevor wir uns hinsetzen. Trotz des Schnees ist das Wetter mild und uns ist nicht kalt. Aber ich zittere am ganzen Körper und habe Angst, dass meine Zähne anfangen zu klappern.
»Sieh mal, ein Ginkgo!«, sagt Marc, als er hochschaut. »Davon gibt es nur sehr wenige Arten hier. Wenn er ausgewachsen ist, kann er vierzig Meter hoch sein. Habe ich dir gesagt, dass ich Forstwirtschaft studieren will?«
Ich habe noch nie jemanden kennen gelernt, der einen Ginkgo erkennen konnte. Ich würde gerne mit ihm über die Eiszeit und all das sprechen, aber so geschwätzig ich mit Catherine bin, so schweigsam bin ich bei ihm. Die Kussgeschichte nimmt den ganzen Platz zwischen uns ein. Außerdem hören Jungen nie zu, wenn man mit ihnen spricht. Ich hole meine Haarbürste aus meiner Tasche und reiche sie ihm. Er lächelt.
»Gute Idee! Komm, setz dich näher ran. Dreh dich um. Ja so!«
Langsam löst er meinen Zopf, der einen Bus ziehen könnte. Mit seinen Fingern breitet er meine Haare über meinem Rücken aus. »Wie schön sie sind …«
»Ich hätte lieber so kurze Haare wie du.«
»Oh nein! Du darfst sie niemals abschneiden! Sie sind das Schönste, was du hast, Mira. Sie schmücken dich.«
»Du … findest du mich ein bisschen hübsch?«, frage ich völlig verwirrt.
Anstatt zu antworten, nimmt er die Bürste und fährt mir sanft durch mein dichtes Haar. Es tut überhaupt nicht weh, kratzt

nicht auf der Kopfhaut. In meinem Inneren zittere ich weiter und in meinem Bauch flattern Schmetterlinge. Ob er mich auch küssen will? Werde ich ersticken? Wird seine Zunge wie ein Ameisenbär in mir wühlen? Wird sein Geschlechtsteil hart gegen meinen Bauch drücken? Ich stelle mir vor, dass er sich zu mir runterbeugt und mich hinter dem Ohr küsst. Wenn ich nur daran denke, bekomme ich schon eine Gänsehaut. Ich möchte, dass er mich küsst ... Nein! Nicht sofort. Ich möchte ... ich möchte einfach so dasitzen, meinen Rücken an seine Brust lehnen, ohne zu sprechen. Ganz lange. Ich möchte hier überwintern, vielleicht ...
Leise flüstere ich: »Keinen Kuss auf den Mund. O. K.?«
»Aber ich will dich gar nicht küssen, Mira, ich will dir nur die Haare bürsten.«
Ich weiß nicht, warum mir das die Laune verdirbt.

Ich gehe wieder zum Vogelfänger. Dieses Mal hat er mich nicht eingeladen. Er macht ein überraschtes Gesicht, als er die Tür öffnet.
»Mirabelle? Was gibt es denn?«
»Ich wollte Ihnen das Buch von Audubon zurückbringen. Geht es Beatrice besser?«
Das ist die einzige Begründung, die mir einfällt, und ich werde dabei so rot wie ein gekochter Hummer. Es ist übrigens fürchterlich, was man mit Hummern macht. Ich würde nie einen essen. Ich warte und schaue auf meine Stiefel. Meiner Mutter werde ich später auch eine Lüge auftischen müssen, wegen der verlängerten Geographiestunde.
»Es geht ihr immer besser«, sagt er und nimmt mir das Buch

aus der Hand. »Ihre Federn wachsen nach. Sie wird bald nach Hause zurückkehren.«

»Papa!«, ruft ein kleines Kind hinter ihm. »Wer ist das? Meine neue Kinderfrau?«

»Nein. Das ist Mirabelle!«, lacht der Vogelfänger. »Sie hat sich nach dem Wellensittich erkundigt.«

Ein kleiner Junge, mit Augen wie schwarze Seen, klammert sich am Bein seines Vaters fest und sagt dann mit ernstem Gesicht: »Ich heiße Joël. Kommst du?«

Ohne eine Antwort abzuwarten, zieht er mich zu der Voliere, wo sich eine Beatrice mit gleichmäßig grün gefiedertem Bauch vor Freude die Stimme heiser schreit. Der Vogelfänger folgt uns.

»Geh spielen, kleiner Mann. Ich möchte mich mit dieser jungen Dame unterhalten.«

»Bis gleich, Mirabelle«, sagt Joël und trottet in sein Zimmer ohne Wände.

»Kannst du auf Kinder aufpassen?«, fragt mich der Vogelfänger. »Ich bräuchte einmal pro Woche einen Babysitter.«

»Nein … Da hab ich keine Erfahrung …«

Ich bin traurig. Wie gerne ich so etwas machen würde, aber sie würde es nie erlauben.

»Schade.«

Er wirft seinem Sohn, der sich in seinem Zimmer eine Höhle baut, einen Blick zu. Seine Augen sind voller Zärtlichkeit.

»Seine Mutter fehlt ihm sehr«, sagt er leise, als spräche er zu sich selbst.

»Ach … Sie … sie kommt nicht zurück?«, frage ich und hoffe mit aller Kraft, dass sie nach Australien ausgewandert ist.

»Nein. Uns ist die Liebe abhanden gekommen. Und sie hat Angst, das Kind könne ihre Freiheit einschränken. Ich habe keine Angst davor.«

Kann man aufhören, einen Menschen wie den Vogelfänger zu lieben? Ein Mensch voller Zärtlichkeit gegenüber Vögeln, gegenüber kleinen Kindern.

Mit gesenktem Kopf, mit roten Wangen und feuchten Händen murmle ich so leise, dass er es nicht hören kann: »Ich würde Sie nie verlassen.«

Catherine will nicht mit mir ins Café STOP. Ihre Augen strahlen. Sie hat ihren kürzesten Rock an, eine Jeansjacke. Sie wird erfrieren.

»Du hast einen neuen Freund, stimmt's?«

»Mira, ich hatte dir doch gesagt, dass ...«

»Wirst du meine Freundin bleiben? Werden wir uns noch sehen?«

Ich bin plötzlich so unruhig. Ohne Catherine löst sich mein Mut in Luft auf und ich fühle mich so einsam wie Beatrice. Mit wem soll ich dann über Zungenküsse und all das reden ...

Es stimmt allerdings, dass ich ihr nichts von meinen Besuchen beim Vogelfänger erzählt habe, weder von Marc und mir unter dem Ginkgo und schon gar nicht von meinem Körper, der sich nachts unter der Bettdecke hin und her wiegt. Man kann nicht alle seine Geheimnisse preisgeben, nicht einmal der besten Freundin.

Meine Mutter und ich gehen durch die Straßen. Sie hat ihren neuen türkisgrünen Hut aufgesetzt, ihren türkisgrünen Mantel und die türkisgrünen Handschuhe angezogen. Ich trage den marineblauen Mantel. Na bitte, sie fängt schon wieder mit ihren Räubern an. Sie gestikuliert herum. Sie ist immer mehr von dieser Idee besessen. Ich grenze mich so gut es geht von ihr ab, die Fäuste tief in den Taschen, den Wollschal vor dem Mund. Ich starre auf die Risse im Asphalt, nehme nur Satzfetzen wahr.

»Ich habe das graue Kostüm im Fernsehen gesehen. Diese Falten in der Taille, die ich mir ausgedacht habe. Identisch!«

Ich möchte schreien: »Das ist nicht wahr! Hör auf!«

Ich schaue hoch, nehme zunächst nur ihre türkisfarbenen Hände wahr, die wie aufgescheuchte Vögel herumflattern. Als ich den Kopf wende, sehe ich auf der anderen Straßenseite zwei Verliebte, die sich küssen, als wollten sie sich gegenseitig verschlingen. Dann hören sie auf, schauen verlegen zu uns herüber. Ich bleibe stehen, wie vom Donner gerührt.

»Was hast du? Geh doch weiter!«, sagt meine Mutter.

Ich bewege mich nicht von der Stelle, bin in eine Steinsäule verwandelt. Das Paar dort sind Catherine und Marc.

Ich liege quer über meinem Bett und blättere im »Führer der Vögel Nordamerikas«, einem Buch, das ich mir aus der Bibliothek geholt habe. Ich lese nicht. Ich könnte das Buch auch verkehrt herum halten, das käme aufs selbe heraus. Ich blättere eine Seite weiter. Manchmal erfasst mein Blick die eine oder andere Abbildung. Die Trauertaube, die Samtente mit der weißen Stirn, den seltsamen Nachtreiher.

Ich stelle mir vor, Catherine von dem zusammenschiebbaren Hals des Nachtreihers zu erzählen.

»Wie bitte?«, würde sie sagen. »Was soll das sein?«, und dann würde sie mir das neueste Modeheft zeigen, mit dem Finger auf ein fluoreszierendes T-Shirt, auf eine Lederjacke zeigen. »Hast du das gesehen, Mira?«
Aber Catherine träumt sicher gerade von Marc, von seinen feuchten Küssen und vielleicht von Zärtlichkeiten, von denen ich nicht die leiseste Ahnung habe. Vielleicht ist sie bei ihm, mit geschlossenen Augen, mit offenem Mund, wie ein Fisch. Ich hasse sie! Ich hasse alle beide! Ich möchte weglaufen, möchte weglaufen, einfach weglaufen!
Am liebsten würde ich zum Vogelfänger laufen, mich mit Beatrice in der Voliere einschließen. Mich in eine Ecke setzen, den Kopf unter dem Flügel. Abwarten, dass er sich um mich kümmert.

Ich sitze am letzten Tisch, ganz hinten in der Cafeteria, und esse mein Schinkenbrötchen. Am anderen Ende des Raumes schiebt Catherine einen Umschlag zu Manon, die ihn an Marie-Pierre weitergibt, die wiederum hält ihn Maxime hin, welcher mir brummelnd den Umschlag überreicht. Die Mädchen sollten ihre Geschäfte gefälligst selbst erledigen.
Auf dem Umschlag steht mein Name. Ich mache ihn auf. Sie schreibt: *Warum sprichst du nicht mehr mit mir?*
Als wüsste sie das nicht!

Am Ausgang der Schule stolpere ich über Catherine, die dort auf mich wartet. Sie sieht beunruhigt aus. Kein Wunder.
»Was hast du denn? Du gehst mir schon eine Woche lang aus dem Weg. Ist es, weil ich dich mit deiner Mutter gesehen habe?

Ist es das? Du hat Recht, sie sieht sehr, sehr merkwürdig aus. Aber das ist doch kein Grund davonzurennen. Du müsstest mal meine sehen!«

»Nein«, sage ich kalt. »Du bist doch mit deinem Liebhaber beschäftigt.«

»Mit welchem Liebhaber? Ich habe keinen Liebhaber!«

»Marc! Du hast ihn geküsst.«

»Na und? Wir haben uns einmal geküsst!«

Dann fällt bei ihr der Groschen.

»Mira! Du dumme Gans! Du hast immer gesagt: ›Oh nein, oh nein! Ich habe zu große Angst. Nicht er! Nein, nein, nein. Mir wird schlecht von diesen klebrigen Küssen.‹ Das konnte ich doch nicht ahnen!«

»Ich weiß jetzt, warum du keine Freundin hattest. Du bist eine Diebin! Und dann ziehst du einfach um und fängst ein neues Spiel an!«

Ich laufe davon. Ich werde keine Freundin mehr haben: nie mehr, nie nie mehr!

Die Direktorin kommt, ohne anzuklopfen, in die Klasse. Sie schaut mich ganz seltsam von der Seite an, während sie leise mit dem Vogelfänger spricht. Die Direktorin kommt niemals in die Klasse. Sie geht auf mich zu.

»Mirabelle, würdest du mich bitte in mein Büro begleiten. Nimm deine Sachen mit, ja?«

Was hat sie denn? Sie behandelt mich, als wäre ich schwer krank. Der Vogelfänger flüstert etwas, was ich nicht verstehe. Wir gehen hinaus, die Direktorin und ich. Schweigend laufen wir auf dem Korridor nebeneinander her. Dann sagt sie plötzlich: »Es gibt eine schlechte Nachricht. Deine Mutter möchte dich am Telefon sprechen.«

In ihrem Büro nehme ich den Hörer und da ist ihre Stimme, voller Angst und Panik. Ich verstehe nicht alle Wörter, die sie sagt. Sie will, dass ich sofort komme.

Das »Komm-sofort-hierher« ist ein Befehl. Komisch, dass mich das am meisten trifft. Die Direktorin bietet mir an, mich mit ihrem Auto heimzubringen. Ich sage »nein danke« und meine Stimme klingt, als wäre es gar nicht meine.

»Geh nicht alleine. Lass mich wenigstens ein Taxi für dich rufen!«

Ich schüttle den Kopf und gehe aus dem Büro. Im Flur schwebe ich, anstatt zu laufen. Ich trage einen Taucheranzug und eine Sauerstoffmaske und ich bewege mich ganz langsam am Meeresboden vorwärts. Ich höre nur meinen Herzschlag, der bis in den Kopf dröhnt. Ich laufe nach draußen. Anstatt den Bus oder, wie die Direktorin angeboten hat, ein Taxi zu nehmen, gehe ich zu Fuß. Eine halbe Stunde Fußweg bis zur Rue Amelanchiers. Der Weg fühlt sich wie Watte an. Alles ist grau, vielleicht schneit es, ich weiß es nicht. Ich gehe die Straße entlang, strebe auf die Unterführung zu, komme so schnell voran, wie es mit einem Taucheranzug möglich ist.

Als ich klein war, hatte er mir einen geschnitzten, hölzernen Hund geschenkt. Einen Wolfshund. Er wusste, dass ich Hunde und Katzen liebte. Meine Mutter hätte kein lebendiges Tier im Haus ertragen, weil wir es gestreichelt hätten. Uns glücklich zu sehen, hätte sie noch unglücklicher gemacht. Wenn ich jetzt weinen muss, während ich zur Unterführung runtergehe, dann ist es wegen des Hundes, wegen der Katze, die nie in mei-

nem Bett geschlafen haben. Wenn ich fast weine, dann aus Einsamkeit.
Ich spüre die Kälte. Mein Körper wird kalt. Das ist die Feuchtigkeit, die an den Betonmauern herabsickert. Am anderen Ende der Unterführung bin ich fast bei meiner Mutter angekommen. Ich bleibe stehen, lasse mich an der Betonmauer entlang auf den Boden gleiten.
Scheinbar ist ein Buschflugzeug über der Taiga, ganz dicht über den Bäumen, abgestürzt. Mein Vater, der Biologe, machte Untersuchungen über die Herden der Karibus. Keine Überlebenden.
Ich bleibe lange in der Unterführung sitzen, halte mich im Arm. Man muss aber wieder aufstehen. Man muss weitergehen.

In der Rue Amelanchiers öffne ich die Wohnungstür. Sie sitzt mitten in der Küche, auf dem Fußboden. Sie weint und schreit mich an. »Du hast viel zu lange gebraucht! Du hast viel zu lange gebraucht!«
Um sie herum liegen ihre Schachteln und Kartons. Der Boden ist bedeckt mit bunt gemusterten Stoffresten, mit Wollknäueln in allen Farben. Ja, die Küche ist voller Farben. Irisierendes Türkis, wie ein Pfauenschwanz, Rot wie das rote Fell des Rotfuchses, Kardinalrot, Zitronengelb.
Ich gehe durch den Flur bis in mein Zimmer. Ich greife nach Brenda und mit einem harten Ruck reiße ich ihr die Flügel aus.

Der traurige Gesang der verlorenen Teile

Ich bin krank, gefangen in meinem Körperberg. Wenn mich das Fieber packt, kann ich mich nicht mehr rühren. Meine Zunge in meinem Mund wiegt eine Tonne. Sie liegt bewegungslos zwischen meinen Zähnen. Meine Füße sind ganz weit weg, am Ende des Bettes, sie gehören nicht zu mir. Mein Körper dehnt sich im ganzen Zimmer aus, wie Gelatine. Ich werde mich nie mehr bewegen können. Nie mehr.

Draußen schneit es. Es schneit unablässig, ganz fein und dicht. Ich sehe nur noch einen Lichtschimmer. Mein Zimmerfenster ist zu drei Vierteln vom Februarschnee bedeckt.
Meine Mutter näht im Wohnzimmer, in der Küche, in ihrem Zimmer. Meine Mutter strickt. Die Kleider und Pullover vermehren sich, die Schals werden zusehends länger. Aus den Wollresten fabriziert sie kilometerlange Schals in allen Farben. Aus den Resten ihrer alten Kreationen macht sie eine riesenhafte Tagesdecke.
Ich male nicht mehr. Ich lese nicht mehr. Ich schaue meinem Körper nicht mehr im Spiegel beim Wachsen zu. Ich streichle ihn nicht mehr. Auf der Kommode, neben meinen Lieblingssachen, neben Brenda, Brendas Flügel und dem geschnitzten Holzhund, liegt eine Karte von meinen Mitschülern, von allen unterschrieben, auch vom Vogelfänger. Es gibt auch einen

Brief von Catherine, in dem sie schreibt, dass sie sehr traurig ist und dass sie immer meine Freundin bleibt. Sie hat zwei von den vier Fotos in den Umschlag gelegt, die wir im kleinen Laden gemacht hatten, vor so langer Zeit.
Ich bin nicht traurig. Ich bin nicht traurig.
Er hätte sein Versprechen sowieso nicht gehalten.

Mitten in der Nacht setze ich mich in meinem Bett auf. Ich kann nicht schlafen. Ich umfasse meine Knie mit meinen Armen, lege meinem Kopf darauf und summe eine monotone Melodie vor mich hin. Ich tue so, als würde ich von jemand anderem in den Armen gehalten.
»Kommst du, willst du? Komm und sammle meine verlorenen Teile auf, die in alle Winde zerstreut sind. Sie sind zerbrochen. Porzellanscherben mit scharfen Kanten. Ich warte auf dich.«

Als ich klein war, kurz nachdem mein Vater weggegangen war und wir in die Souterrainwohnung in der Rue Amelanchiers umzogen, wurde ich krank. Zu dieser Zeit löschte meine Mutter abends das Nachttischlämpchen und schloss die Tür ganz fest. Sie wollte nicht glauben, dass die Monster sich unter den Betten, in den Ecken versteckten und dass sie gefährlich waren. Vielleicht habe ich auch gar nicht darüber gesprochen und sie hätte es erraten müssen. Manchmal ließ sie die Tür einen Spaltbreit offen, dann durchschnitt ein dünner, gelber Strahl den gewachsten Holzboden, während die Monster hinter den Pfingstrosen der Tapete feixten.
Eines Abends, als ich wieder einmal Gefangene meines Körperbergs war, unfähig mich zu wehren, falls die wilden Kerle be-

schließen sollten mich anzugreifen, klingelte jemand an der Wohnungstür.
Meine Mutter öffnete und ich erkannte seine Stimme. Sie begann sehr laut zu weinen: »Immer ganz alleine. Immer. Und die Kleine ist krank. Und wenn sie stirbt, was ist dann? Dir ist das egal!«
Ich wusste nicht, dass ich im Sterben lag, und war beunruhigt. Er kam ins Zimmer, legte seine Hand auf die heiße Stirn seiner kleinen Tochter, deren Augen zu verklebt waren, um sich zu öffnen, und ich schlief auf der Stelle ein. Am nächsten Morgen, als ich aufwachte, fand ich Brenda mit ausgebreiteten Flügeln am Fußende meines Bettes.

Ich laufe mit meiner Mutter durch den Schnee, am Fuß der Skipisten. Wir sind heute Morgen mit dem Bus angekommen. Sie denkt, dass die klare Gebirgsluft uns gut tut. Die Luft ist schneidend kalt. Wenn man langsam läuft, friert und zittert man vor Kälte.
Wir folgen den Spuren, welche die Skier am Ende der Abhänge im Schnee hinterlassen haben. Kinder überholen uns. Sie rutschen auf ihren Skiern, holen weit aus mit ihren Stöcken. Sie reihen sich in die Warteschlange ein, stehen ungeduldig am Skilift, der sie nach einem Ruck zu Beginn sanft zum Gipfel hochträgt.
Der Schlepplift macht ein rostiges Geräusch, wenn er über die Zahnräder läuft. Ich frage mich, was das da oben wohl für ein Gefühl sein mag. Was passiert, wenn man von den Sitzen springt? Fällt man tief runter? Kann man hängen bleiben, an einem Bein festgehakt, den Kopf nach unten? Gibt es einen

Aufpasser, der die Kinder beaufsichtigt, damit sie sich nicht verletzen?
»Komm, wir trinken eine heiße Schokolade, Mirabelle!«, sagt meine Mutter. »Die Sonne geht unter und wir sind lange gelaufen.«
In dem überfüllten Café sind wir die zwei einzigen Personen der Hütte, die keine Skistiefel anhaben. Ich nehme die kochend heiße Tasse, führe sie an meine Lippen. Jenseits des großen Fensters gleiten die letzten Skifahrer den Berg hinunter. Ihre Schatten folgen ihnen wie lange, auf dem Schnee liegende Gespenster.
Meine Mutter sagt: »Das ist zu gefährlich. Du bist zu zart und außerdem sind wir zwei nicht reich genug.«
Ich bin nicht neidisch, nein. Ich hätte viel zu viel Angst, die Hänge hinabzusausen. Es tut mir nur weh, dass ich nicht bei den anderen sein kann. Mit den Augen folge ich den grazilen Bewegungen der Kinder, die einfach losfahren. Sie finden sich ohne Wegmarkierungen auf den Abhängen zurecht. Ich trinke einen Schluck heiße Schokolade. Mir wird schlecht davon. Vorsichtig stelle ich die Tasse auf den Holztisch zurück. Draußen sinkt die Temperatur. Man kündigt die Schließung der Lifte an. Auf der von den flach einfallenden Strahlen der Abendsonne beschienenen Piste fahren sie zum letzten Mal los, geradeaus, sie bremsen nie ab, sie beschleunigen vielmehr.
Unvermittelt sagt meine Mutter: »Dein Vater hat dir Geld für dein Studium hinterlassen, du kannst studieren, was du willst. Das steht im Testament.«
»Mama«, antworte ich ganz leise, »ich bin nicht mehr krank. Ich möchte jetzt wieder in die Schule gehen.«

Alle starren mich an. Es ist wahr, ich habe abgenommen und bin noch gewachsen. Offenbar habe ich zwei Monate in der Schule versäumt. Ich habe das Gefühl, es waren tausend Jahre.
Der Vogelfänger legt seine Hand eine Sekunde lang auf meine Schulter.
»Es tut mir so Leid um deinen Vater, Mirabelle ... Ich bin froh, dass du zurückgekommen bist. Hör mal, wenn du willst, kannst du bei mir zu Hause vorbeikommen. Ich werde dir die Übungen erläutern, die wir während deiner Abwesenheit gemacht haben. Wenn du dich dranhältst, wirst du deinen Rückstand problemlos aufholen.«
Aus dem hinteren Teil des Klassenzimmers schaut mich Catherine an. Sie reicht einen Umschlag an Audrey, die ihn an Carlos weitergibt, der ihn Mathieu hinhält ...

Mira,
um unsere Skizzen miteinander zu vergleichen, um Zukunftspläne zu schmieden, um uns über die Unterschiede zwischen Preußischblau und Indigo zu streiten, um dich ein für alle Mal zu überzeugen, dass es kein Weltuntergang ist, einen Jungen zu küssen (dass es manchmal sogar zauberhaft ist), um mich über den Schnurrbart des Mathelehrers lustig zu machen, um eklige Pommes im Café STOP zu essen, brauche ich dich. Ich wollte dir nicht wehtun, ich habe nicht nachgedacht, hatte nichts verstanden. Ich entschuldige mich.

Cath

Ich habe beschlossen, meine Lieblingsbücher noch einmal zu lesen. Ich fange mit Michael Strogoff an, der zu Fuß durch ganz Russland läuft. Er kommt durch Nowgorod, überquert zugefrorene Flüsse, den Ural, die Ebenen der Mongolei. Er ist blind, er läuft mit nach vorn gestreckten Armen. Aber er ist nicht allein.

»Joël ist für ein paar Tage zu seiner Großmutter gefahren«, sagt der Vogelfänger, während er die Tür öffnet, »und Beatrice ist zurückgekommen. Willst du sie sehen, bevor ich dir die Übungen der letzten zwei Monate zeige?«

Ich nähere mich der Bambusvoliere, in die ich mich in meinen Träumen am liebsten flüchten würde. Die arme Kreatur hat eine halb kahl gezupfte Brust. Aber sie scheint sich zu freuen, mich zu sehen, und als er sie herausnimmt und auf meinen Arm setzt, vollführt sie ihren üblichen Zirkus.

»Ich behalte sie«, sagt der Vogelfänger jetzt. »Sie haben sie mir geschenkt. Was für eine Idee, sich ein Tier zu halten, wenn man nicht in der Lage ist, sich darum zu kümmern ...«

Beatrice trippelt auf meinem Arm herum und fühlt sich offensichtlich sehr wohl. Sie setzt sich auf meinen Zeigefinger und ich hole sie ganz nahe an mein Gesicht. Sie gibt mir Küsschen auf die Wangen und an die Mundwinkel. Wenn der Vogelfänger sie behält, wird sie sich nicht mehr verstümmeln. Ich muss nur daran denken, schon geht es mir besser.

Ich drehe den Kopf etwas zur Seite, lächle dem Vogelfänger zu. Die Küsschen von Beatrice tun mir gut und ich fühle mich so wohl. Meine Knie beginnen zu zittern, warme Wellen rollen über meinen Körper. Durch meine gesenkten Wimpern schaue ich ihn immer noch an.

»Gib mir den Vogel zurück, das reicht jetzt.«

Seine Stimme klingt seltsam, und als sein Finger den meinen

streift, um Beatrice aufzunehmen, bekomme ich einen elektrischen Schlag. Er öffnet die Tür zur Voliere, bewegt die Hand, der Wellensittich fliegt zu seiner Sitzstange. Er wendet sich um zu mir, legt seine Hand an meine Wange, dorthin, wo der Vogel mich mit seinem Schnabel berührt hat. Er lässt sie bis zu meinem Hals gleiten. Seine Hand auf meinem Nacken ist glühend heiß. Ich bekomme ganz weiche Knie.

Der Vogelfänger schaut mich an und in seinen Augen sehe ich alle Zärtlichkeit der Welt und etwas anderes, was ich nicht kenne. Wenn er mich jetzt in den Arm nimmt, werden meine Knie endgültig nachgeben.

»Mirabelle …«

Ich höre auf zu atmen, sein Gesicht ist ganz nah, die Luft ist zu heiß. Er schließt die Augen, ich auch. Seine Hand liegt immer noch auf meinem Nacken. Gleich werde ich fallen, ich falle …

»Mirabelle …«

Und genau in diese Stille, kurz bevor meine Knie wegrutschen, sprechen meine Lippen etwas Unglaubliches aus. Etwas, was ich nicht vorgesehen hatte: »Bitte küssen Sie mich! Mit der Zunge!«

Er zieht seine Hand so schnell zurück, dass es wie eine Ohrfeige ist, ein Donnerschlag, ein Weltuntergang.

»Das kann ich nicht, Mirabelle. Das kann ich nicht. Du darfst nie mehr hierher kommen.«

Seine Stimme zittert, ich weiche zurück. Ich renne davon, während ich spüre, wie in meinem Inneren Stücke von mir abbrechen und in einem tiefen Abgrund versinken.

Ich lese noch einmal die Geschichte der Frau, die alleine in den

Bergen Afrikas lebte, die mit ihrem Freund, dem Gorilla, auf dem Boden schläft. Sie kaut Blätter. Sie grunzt. Später sind sie beide tot. Man beerdigt sie nebeneinander. Steine verbinden sie. Das will ich auch.
Und dann will ich einen Kompass, der den Norden anzeigt, das kann immer nützlich sein. Ich möchte ein Eisbär sein, der ganz allein in seinem Revier lebt und alles tötet, was ihm zu nahe kommt, denn ich bin der Stärkste von allen. Ich werde niemals nähen und stricken lernen.
In der Nacht wiege ich mich in den Schlaf und singe meine monotone Melodie: »Komm doch, willst du? Komm, meine auseinander gebrochenen Teile aufsammeln …«

Ich ziehe mich in die Bibliothek zurück und lese noch einmal die Geschichte des gefangenen Wolfs-Kindes. Es heult und rennt in seinem Käfig herum. Mit den Menschen, die aus ihm einen kleinen Jungen machen wollen, die ihm Sonntagskleider anziehen, die Füße in enge Schuhe zwängen, will es nichts zu tun haben. Es träumt nur davon, in den Wald zu fliehen. Ein Wolfs-Kind in einem Käfig ist das verzweifeltste Wesen, das man sich vorstellen kann.
Oh nein! Nicht er! Ich habe seinen Unterricht geschwänzt, werde nie mehr hingehen und jetzt kommt er zur Bibliothek herein, entdeckt mich in meinem versteckten Winkel, nahe am Fenster. Ich stehe auf. Das Buch über das Wolfs-Kind fällt zur gleichen Zeit zu Boden wie mein Stuhl.
»Mirabelle! Warte eine Minute!« Er hält mich am Ellbogen fest, das tut weh. »Ich kann das nicht sein, ich kann das niemals sein, verstehst du?«

»Ich … ich wollte doch nur, dass Sie es mir beibringen«, sage ich mit gesenktem Kopf. »Ich brauche jemanden, der mir beibringt, wie man küsst, und Sie waren so, so …«

»Ich hätte dich gerne geküsst und du hast das gespürt«, flüstert er und lässt meinen Arm los. »Du bist schön und einen Moment lang habe ich dich sehr begehrt, so wie ein erwachsener Mann eine erwachsene Frau begehrt …«

»Ach ja?«

Ich schaue zu ihm hoch, mir ist ganz schwindlig.

»Ich bin dein Lehrer, nicht dein Liebhaber.«

Seine Stimme ist rau und heiser. Ich habe ihm nichts mehr zu sagen. Ich reibe mir den Arm, da wo es wehtut. Ich hebe mein Buch auf, er den Stuhl.

»Ich mache mir Sorgen um dich, Mirabelle«, spricht er weiter. Seine Stimme klingt weicher, fast zärtlich. »Seit du wieder zurück bist, wirkst du so hilflos, so … verloren. Der Tod deines Vaters, all das …«

Er macht eine Handbewegung, als wolle er damit »all das« zusammenschieben, als fände er keine Worte mehr. Vielleicht gibt es dafür keine Worte.

»Was hältst du davon, dich mit Paula zu treffen?«

»Paula … Wer ist das? Die neue Psycho-Tante?«

»Sie ist ein Mensch, den ich sehr schätze, Mirabelle. Etwas ganz Besonderes. Ich habe ihr von dir erzählt. Du könntest während meiner Unterrichtsstunde am Freitag zu ihr gehen. Niemand wird deine Mutter benachrichtigen.«

»Warum sollte ich dahin gehen?«

Ich balle die Fäuste, um nicht vor seinen Füßen in Stücke zu zerspringen.

»Weil ich mir Sorgen um dich mache. Aber vor allen Dingen, weil sie hilft, Wunden zu heilen … und du … du blutest im Moment überall.«

Ich rufe in mich hinein, da ist niemand. Ich stürze in eine schwarze Spalte ins Innere der Erde, dorthin, wo es überhaupt kein Licht mehr gibt. Ich bin eine ertrunkene Stoffpuppe, löse mich im grauen Wasser langsam auf. Meine Mutter schaut zu, wie ich auseinander falle.
Ich fahre aus dem Schlaf hoch, stürze zur Kommode. Sie sind noch alle da, meine Fetische, auf einem unordentlichen Haufen neben der Nachttischlampe. Ich berühre sie alle nacheinander, streichle sie. Den geschnitzten Hund, die alte Brenda, die neben ihr liegenden Flügel, die zwei Fotos und die drei Briefe von Catherine.

Mit gesenktem Kopf stehe ich auf der Türschwelle des Büros 324, Korridor G. Ich schiele hinüber zu dem blauen Sessel, der ihrem Sessel gegenüber steht.
Komisch, ein Sessel anstelle eines Stuhls und überhaupt keine Büroeinrichtung. Auf dem Weg hierher habe ich mich zweimal verlaufen.
»Guten Tag, Mirabelle. Ich heiße Paula. Ich habe schon auf dich gewartet. Magst du dich setzen?«
»Nein«, antworte ich und hebe den Kopf. »Der Vogelfänger schickt mich. Ich bleibe nicht lange.«
Sie hat eine gewaltige Mähne aus roten, gelockten Haaren, ihre Nase ist voller Sommersprossen und sie trägt eine kleine, runde Brille mit getönten Gläsern. Damit sieht sie aus wie eine

Eule. Neben ihr, an der Armlehne ihres Sessels, steht ein weißer Stock.
Ich stottere: »Aber … aber, Sie sind das?«
»Vielleicht bist du mir schon in den Gängen über den Weg gelaufen. Mit meinem Blindenstock hört man mich sicher schon von weitem …«
»N… nein … ja, stimmt, ich war bei Ihnen, als Sie am ersten Tag die Straße überquerten … Das ist aber schon so lange her …«
Paula runzelt die Brauen, sucht in ihrem Gedächtnis und ich frage mich, wie sich Blinde erinnern, ohne Bilder, ohne Farben. Sie lächelt.
»Hmm … der Blindenhund … Das warst du?«
»Ja.«
»Du hast mir an jenem Tag geholfen, Mirabelle.«
Ich möchte, dass sie das Thema wechselt, möchte endlich weggehen, aber sie nimmt sich Zeit zum Sprechen, macht lange Pausen zwischen den Worten.
»Und wenn … wenn ich dich jetzt führen würde, dort, wo du die Orientierung verloren hast …«
Was stellt sie sich eigentlich vor? Dass ich mich zähmen lasse? Das kann man mit einem Eisbär machen, mit einem Puma, aber mit einem Menschen … Als mein Vater von zu Hause wegging, hat er da auch nur einmal an mich gedacht? Nein. Der Vogelfänger hat mich nahe herankommen lassen und dann hat er seine Tür zugeschlagen. Catherine, oh! Catherine, alles, was sie interessiert, ist, ihre Hüften vor den Jungen schwingen zu lassen.
Als ich nicht antworte, erzählt mir Paula, dass sich an der

Schule einige Menschen Sorgen um mich machten, und wenn ich mit ihr über das, was nicht stimme, reden wolle, sei sie für mich da. Das sei ihre Arbeit. Sie erklärt mir auch, dass ich bis zum Schuljahresende einmal pro Woche zu ihr ins Büro kommen könne, nicht länger. Im nächsten Jahr wird sie an einer anderen, sehr weit entfernten Schule arbeiten.
»Nichts, was du hier sagst, wird deiner Mutter weitererzählt oder jemand anderem.«
Es ist idiotisch. Ich habe das Gefühl, sie schaut mich an. So wie der Vogelfänger seinen Sohn anschaute, als er sagte: »Seine Mutter fehlt ihm.« Das geht mir auf die Nerven.
Dann flüstere ich in diese andauernde Stille, die mir unangenehm ist, wo man einfach etwas sagen muss: »Ich war krank und ich habe zwei Monate in der Schule gefehlt.«
»Möchtest du mir noch mehr darüber sagen?«
»Nein!«
In diesem Moment fangen meine Augen, ohne dass ich es vorher bemerkt habe, von selbst an zu weinen. Ich, die niemals vor anderen weint. Nie, wirklich niemals, ich schwöre es.
Ich lasse mich in den blauen, ihr gegenüberstehenden Sessel fallen, bedecke mein Gesicht mit den Händen, um zu verbergen, was da aus mir herausbricht. Ich bin ja so müde.
Ich spüre ihren blinden Blick auf mir und vielleicht muss ich auch wegen dieses Blickes weinen. So, als sehe sie in mein Innerstes.
Sie schweigt.
Ich nehme meine Hände vom Gesicht, umfasse mich, wiege meine zersplitterten Teile. Es weint immer noch. Es weint die ganze Stunde, die ich bei ihr sitze.

»Die Stunde ist für heute vorbei, Mirabelle. Willst du am Montag wiederkommen?«
Ihre Stimme ist sehr sanft.
Ich antworte nicht. Ich schniefe. Wenn ich so weitermache, werde ich zerfließen.

Menschen

Ich liege mit geöffneten Augen auf dem Rücken, kann nicht schlafen. An der Decke kreisen die schwarzen Gedanken wie hungrige Raubvögel. Nachher wird es Sonntagmorgen sein und meine Mutter wird laufen wollen. Sie wird mich am Arm ziehen, ihre Stimme wird allen Platz beanspruchen. Ich ersticke jetzt schon.
Ich stehe mit einem Ruck auf, greife auf der Kommode nach einem Flügel von Brenda. Das ist wirklich zu traurig. Ich versuche den Flügel in den Riss zu stecken. Schiebe ein wenig. Vergebliche Mühe. Stroh rieselt aus der Verletzung, verteilt sich auf der Kommode. Und noch etwas anderes fällt heraus: ein vergilbtes, zusammengefaltetes Stück Papier. Ich falte es auseinander und es zerbröselt fast in meinen Fingern. Eine unbekannte, halb verwischte Schrift. *»Freiheit wird nicht geschenkt. Freiheit nimmt man sich.«*
Ich lache bitter auf. Freiheit? Kenn ich nicht. Ich bin eine Brenda, mit Stroh ausgestopft und ohne Flügel. Ich will schon wieder in mein Bett kriechen, mit diesem Gefühl sterben zu wollen.
Nein, das mache ich nicht! Nein! Freiheit bekommt man nicht geschenkt? Man nimmt sie sich? Wir werden sehen, ob ich frei bin!
Ich renne in den Flur, gehe bis zur Küche, wühle in der

Werkzeugschublade. Da ist sie! Ich gehe zurück in mein Zimmer, stelle mich vor den Spiegel. Meine Augen leuchten in der Dämmerung. Ich umfasse meinen Zopf mit der einen Hand, in die andere nehme ich die Schere.
Ein knirschendes Geräusch …
Ich öffne die Hand, der Zopf fällt wie ein zu schweres Tau zu Boden. Ich schneide weiter. Der gewachste Holzboden ist von Haarbüscheln übersät. Im Spiegel sehe ich so wild und struppig aus wie ein Tier aus dem Wald. Ich fletsche die Zähne, drohe mit den Fäusten. Man nimmt sie sich, die Freiheit?
Schnell, meine Leggings, meinen Pullover, meine Daunenjacke, meinen Rucksack. Ah! So ist das also? Bin ich jetzt frei? Dann schaut mal, wie ich weggehe.
Ich renne in den Flur, greife nach meinen Stiefeln. Die verschlafene Stimme meiner Mutter: »Bist du das, meine schöne Mirabelle?«
Ich gehe hinaus. Es gibt kein Vorhängeschloss an der Tür, aber in meinem Kopf gibt es ein Vorhängeschloss. Meine Mutter hat es sich ausgedacht und ich habe es geglaubt. Nein, ich werde nie mehr mit ihr spazieren gehen, versteht ihr? NIE MEHR!
Draußen ist schwarze Nacht. Die Nacht ist kalt. Ich laufe bis zur Straße, ich weiß, wohin ich gehe. Oh ja, ich weiß es!
Ich laufe zur Unterführung, komme an der anderen Seite wieder heraus, gehe vorbei am Kuss-Park, vorbei am kleinen Laden, vorbei am Café STOP, vorbei an der Schule mit den schwarzen Fenstern. Ich laufe, als würde ich Marathon laufen. Hinter mir höre ich ein Auto herankommen. Ich bleibe stehen, drehe mich um, hebe die Hand. Das Auto bremst neben mir, die Tür geht auf.

»Fahren Sie Richtung Norden?«, frage ich atemlos.

Die letzten fünf Kilometer lege ich zu Fuß zurück. Die Straße ist völlig zugeschneit, sie geht aufwärts und abwärts, windet sich durch den Nadelwald.
Es war nicht schwierig. Drei Autos, zwei Lastwagen. Im letzten Dorf habe ich mir ein Brot und Erdnussbutter gekauft.
Diese knisternde Stille ist wunderbar. Es ist mild, die Sonne bricht da und dort mit ihrem Licht durch die Zweige der gelben Birken, deren Knospen wie kleine geschlossene Fäuste wirken, die auf den Frühling warten.
Die Straße wird noch schmaler, es gibt nur noch eine Spur für Motorschlitten. Da, das pfeilförmige Schild, der Anfang des Pfades. Ich stecke bis zu den Hüften im Schnee, als ich zur Hütte hinabsteige. Endlich erscheint mein Lac Perdu, rund, glatt und weiß unter dem klaren Himmel. Diese weiße Einsamkeit ist schön und macht gleichzeitig Angst.
Ich finde den Schlüssel unter der ersten Stufe, er liegt auf einem flachen Stein, genau da, wo wir ihn im vergangenen Sommer hinterlassen haben. Ich trete ein. Neben dem Ofen liegt ein großer Stoß Holz. Auf dem Büffet steht ein Wasserkanister. Ich mache Feuer, stelle Wasser zum Kochen auf. Am Haken die Jagdweste, die nach feuchter Wolle riecht, als ich am Ärmel schnuppere.
Eine Tasse heißen Tee in der Hand esse ich das Brot und die Erdnussbutter. Ich stehe dabei am Fenster und behalte den See im Auge. Dann gehe ich hinaus, steige bis zum Holzsteg hinunter, der ganz vereist ist. Ich höre die Stille des Winters, atme den Geruch des Schnees ein. Vor mir, zwischen den Granit-

bergen, öffnet sich das enge Tal zum Norden hin. Ich warte. Lange Zeit.
Als es zu lange ist, marschiere ich bis auf die Mitte des Sees. Und ich schreie. Ich röhre und schreie, bis ich keine Stimme mehr habe, bis der Schnee sich rötlich färbt und die Sonne wie ein roter Stein untergeht.

In der Nacht, während ich nahe am Holzofen am Boden liege, eingewickelt in meine Daunenjacke, höre ich die Geräusche des Waldes. Knacken, heiseres Bellen, Gejaule, vielleicht Schritte, mahlende Kiefer, Flügelschlagen.
Ich stehe auf, durchquere die Veranda, öffne weit die Tür.
»Ist da jemand?«
Ich steige die paar Stufen hinunter, nähere mich dem Holzsteg. Mitten auf dem See, im Sternenlicht, im Schein des Vollmondes, sind alle Menschen, die ich kenne, versammelt. Sie stehen da, schauen mich an. Ich muss zu laut und zu lange geschrien haben.
Dort jammert meine Mutter, dass sie ihre Mirabelle braucht und dass sie den gelben Pullover doch nur gestrickt hat, weil sie mich liebt. Catherine formt ihre Hände zum Trichter und ruft mir zu: »Ich will mit dir lachen und malen, meine Freundin! Komm zurück!« Der Vogelfänger trägt den eingeschlafenen Joël in seinem Arm und murmelt mit dumpfer Stimme: »Du bist begehrenswert, meine Schöne. Ich habe Angst um dich.« Paula sagt gar nichts. Sie streckt ihre Hand aus, ihr Blick ist nach innen gerichtet.
Das Merkwürdigste ist, dass noch weiter weg, am anderen Ufer des Lac Perdu, auch sie noch erscheinen: meine Tiere, aufge-

reiht am nördlichen Waldsaum. Sie schauen mich mit eindringlichen Blicken an, ohne eine Pfote zu bewegen. All die Katzen, all die Hunde, die ich auf dem Weg zur Schule gestreichelt habe, die zierliche Beatrice auf dem Geweih des riesigen Strogoff und sogar Brenda, wieder mit Flügeln, ist da, mein geschnitzter Hund aus Holz, mein alter zerzauster Fuchs. Sie lassen mich nie im Stich. Meine ersten Freunde.

Im Morgengrauen wache ich eingewickelt in meine Daunenjacke neben dem Ofen am Boden auf. Das Feuer ist ausgegangen. Der See hinter dem Fenster ist leer.
»Wenn du von hier aus nach Norden wanderst, triffst du keine Menschenseele mehr, du stirbst vor Hunger und Einsamkeit. Du musst jetzt zurück, Mira, komm, wir gehen. Du wirst nicht nach Norden laufen. Du willst nicht sterben.«
Das war meine Stimme, die da gesprochen hat.

Das tut weh

Seit einem Monat spreche ich dienstags und donnerstags mit Paula. Ich spreche über mich, als wäre ich ein Puzzle mit über dem Boden verstreuten Einzelteilen, und ich weiß noch nicht, welches Bild herauskommen wird. Übrigens bin ich mir nicht sicher, ob ich alle Teile zusammen habe. Ich hebe da und dort eines auf und beschreibe es Paula.

Da zum Beispiel lernt die kleine Mira die Farben: Sie sitzt auf den Knien ihres Vaters und sie ist verliebt. Dort fällt sie von ihrem kleinen Flugzeug und sie hat solche Angst … Jetzt amüsiert sie sich mit den Schnittmustern, mit Nadel und Faden, die ihr ihre Mutter gegeben hat. Sie fabriziert ein Mützchen für ihre Puppe. An anderer Stelle ballt sie die Fäuste gegen Catherine, die sie verraten hat … Ich muss ein Puzzle mit einer Million Teile sein!

Oh nein, ich habe nicht gleich geredet. Lange habe ich nur im blauen Sessel vergraben geweint. Ich stellte mir Paulas Blick vor, der sich wie eine Umarmung anfühlte und alle alten Wunden heilte.

Eines Tages, als ich wieder unaufhörlich weinte, seufzte Paula. »Mirabelle, ich weiß nicht, was ich machen soll … du und ich, wir haben so wenig Zeit miteinander und ich möchte dir so gerne helfen … Kannst du ein bisschen Platz für mich machen und von dem großen Kummer erzählen, der in dir wohnt?«

»Du kannst Mira zu mir sagen«, erwiderte ich schniefend. »Das mag ich lieber als Mirabelle. Eine Mirabelle isst man auf.«
»Ah … und eine Mira schaut man an …«, murmelte Paula und lächelte.

Als ich vom Lac Perdu zurückkam, hat meine Mutter nicht geschimpft. Ich hatte sie aus dem letzten Dorf angerufen und ihr die Wahrheit gesagt. Dass ich zum Blockhaus gefahren war, dort übernachtet hatte und jetzt nach Hause käme. Meine Mutter weinte am Telefon.
Als sie mir die Tür öffnete, hat sie mich nicht geohrfeigt. Kein Wort über meine struppigen Haare. Sie hat sich nicht aufgeregt, dass ich ganz allein in der Nacht mit Autos getrampt bin. Kein Wort über die Vergewaltiger, die überall lauern. Dabei hätte sie allen Grund gehabt, zornig zu sein. Nicht zu fassen.
Das Erste, was ich bemerkte, als ich in mein Zimmer ging, war, dass Brenda repariert worden war. Meine Mutter hatte die Flügel wieder angenäht.

Was für ein Glück, dass Paula zweimal pro Woche für mich da ist und sich meine merkwürdigen Geschichten anhört. Heute habe ich ihr erzählt, dass ich in einem Loch unter der Erde lebe. Nebenan lebt meine Mutter. Oben, im Licht, wohnen die anderen Menschen. Paula reicht mir ihre Hand und ich kann mich daran hochziehen und einige Minuten lang mit ihr und den anderen in der Welt des Lichts sein.
»Es gibt also auch für dich ein Leben draußen«, unterbricht mich Paula, »ein Leben, wo du nicht bei deiner Mutter und ihren Ängsten bleiben musst … wo du wegfliegen kannst …«

»Aber nicht für immer, nur ein wenig, von Zeit zu Zeit. Wenn ich nach Hause komme, kehre ich in die unterirdische Welt zurück. Wenn ich nach draußen gehe, nehme ich ein Stück dieser Welt mit. Deshalb bin ich trauriger als die anderen, kleide ich mich schwarz und es fehlt mir manchmal an Elan.«
»Es gibt da draußen ein Leben für dich. Dein Leben gehört dir …«

Es ist unglaublich, was ich Paula alles erzähle. Ich finde immer neue Teile des Puzzles. Manchmal weine ich, während ich spreche, in anderen Momenten bin ich wütend und der blaue Sessel wird mit Fäusten traktiert.
Ich habe ihr anvertraut, dass ich am Lac Perdu das Bedürfnis hatte, in den Wald hineinzulaufen, und dass ich diesen seltsamen Traum hatte, in dem sie mir ihre Hand gereicht hatte. Vielleicht war diese einladend ausgestreckte Hand, die mich nicht wie eine Gefangene festhielt, entscheidend für meine Rückkehr.
Paula denkt, dass ich an jenem Tag am Lac Perdu beschlossen habe, den Menschen zu vertrauen, auch wenn sie mir wehgetan haben, auch wenn ich sie oft als grausam empfunden habe, selbst wenn die Verletzungen manchmal so schmerzhaft sind, dass man für immer weggehen möchte.
»Ich stelle mir vor, dass du ein kleines, wildes, um sich schlagendes Tier bist. Man darf es nur manchmal ganz sanft berühren …«
Als sie das sagte, schluchzte ich in meinem blauen Sessel, weil ich an diesem unterirdischen Ort ohne Licht wohne und weil das unerträglich ist und schon viel zu lange andauert.

In der Bibliothek entdecke ich Catherine, die ganz versunken in einem Modemagazin schmökert, den Haarzopf quer über dem Kopf. Sie wird sicher nicht mit mir sprechen wollen. Ich habe keinen ihrer Briefe beantwortet und ich drehe mich immer weg, wenn sie mir begegnet.
Paula hat mir gesagt: »Wenn du nicht auf sie zugehst, wirst du nie wissen, was sie denkt. Sie hat dir dreimal geschrieben. Sie hat sich entschuldigt. Sie hat dir bewiesen, wie wertvoll ihr deine Freundschaft ist. Ich kenne nicht viele Erwachsene, die so viel für ihre Freunde tun würden. Gib ihr eine Chance ...«
Bereit, nicht bereit, gehe ich zu ihr.
»Cath ... ich habe deine Briefe bekommen ...«
» ... «
»Also, Marc passte einfach nicht zu mir, er ist zu schön, er will Fallschirm springen ... und ... und ...«
»Wie wär's mit Pommes?«, unterbricht mich Catherine mit Tremolo in der Stimme. »Deine Haare, Mira, die stehen dir dermaßen gut!«

»Jeder von euch arbeitet an einem großen Papier auf dem Fußboden«, kündigt der Vogelfänger an. »Wenn die Musik einsetzt, fangt ihr einfach an zu malen! Folgt der Musik! Denkt an gar nichts! Tanzt mit euren Pinseln und euren Farben!«
Wir sind schon ein merkwürdiger Haufen, wie wir da auf allen vieren neben unseren Pinseln und unseren Farbtöpfchen sitzen und auf den Einsatz warten. Die Augen des Vogelfängers streifen mich und wieder versteckt er seine Zärtlichkeit oder vielleicht sein Verlangen weit hinter seinen Lehrerratschlägen. So weit ...

»Fangt an!«
Ich vertiefe mich in die Arbeit und unter den afrikanischen Rhythmen vermischen sich die Farben, gehen von Grün über Grau nach Khaki, bis zu schmutzigem Braun. So habe ich die Lokomotiven ausgemalt, als ich klein war. Nur läuft mir jetzt die Wasserfarbe über meine Hände. Ich liebe es, so herumzuklecksen!
»Stopp!«
Während wir uns kurz ausruhen und ein neues Blatt nehmen und auf die Musik der japanischen Flöte warten, beugt sich Cath mit ernstem Gesicht zu mir herüber.
»Mira ... du, hat dir dein Vater eigentlich mal gesagt, dass du schön bist?«
»Hmm ... ja ... als ich klein war, sagte er das.«
»Weißt du, was ich möchte? Meinen Vater finden, ihn in eine Ecke drängen, ihn anschreien: ›He! Ich bin deine Tochter. Erkennst du mich? Findest du mich schön?‹«
»Cath, alle Jungen fallen vom Stuhl, wenn du vorbeigehst, du siehst so ...«
Aber jetzt schwebt die japanische Flöte durch die Luft und wir nehmen unsere Pinsel wieder in die Hand. Langsam lasse ich meine Farben fließen und denke dabei an meine Freundin, die niemals wissen wird, ob ihr Vater sie schön findet.

Ich greife nach einem Teil aus meinem Puzzle, das, auf dem sich mein Körper unter der Bettdecke windet. Verlegen lege ich es zurück auf den Stapel. Nein, dieses nicht. Ich nehme ein anderes, ganz zufällig, jenes, worauf ich den Vogelfänger bitte, mir einen Zungenkuss zu geben. Nein, das geht auch nicht.

Schließlich erzähle ich Paula die Szene, als Catherine und Marc sich auf dem Boulevard küssten, als wollten sie sich gegenseitig auffressen.
»Küsse sind voller Schleim.«
»Wie der Schleim von Kröten?«
»Ja.«
Wir wiehern beide los vor Lachen.
»Vielleicht brauchst du noch keine Jungen, Mira.«
»Alle anderen Mädchen tun es«, sage ich und denke dabei, dass ich bei Marc und dem Vogelfänger fast dazu bereit gewesen wäre.
»Nimm dir Zeit. Es gibt überhaupt keine Regel, die dich verpflichtet, Jungen zu küssen oder mit ihnen zu schlafen, wenn du dich nicht danach fühlst. Das ist bei jedem von uns verschieden. Die Sexualität ist eine geheimnisvolle Geschichte. Was ist im Augenblick für dich das Wichtigste?«
»Mir die Ohren zuzuhalten, wenn meine Mutter eine Welt voller Schlechtigkeit heraufbeschwört, die Bäume, die Tiere, die Menschen um mich herum zu beobachten, sie zu zeichnen.«
»Deine Stimme wird ganz hell, wenn du über das sprichst, was dich begeistert.«
»Aber ich bin nicht wie die anderen. Ich bin die Merkwürdige!«
»Du bist du. Du bist anders. Und ich finde, du bist ganz in Ordnung!«
Und meine merkwürdige Mutter, ist sie auch ganz in Ordnung?

»Nachdem ihr eure rechte Hirnhälfte entriegelt habt und eure Hände viel beweglicher, viel lebhafter geworden sind, und euer Kopf, euer Körper, eure Phantasie sich aufeinander zu bewe-

gen, ist der Zeitpunkt für ein besonderes Experiment gekommen«, erklärt der Vogelfänger der ganzen Klasse.
Ich weiß, dass der Vogelfänger nicht völlig verrückt ist, obwohl die meisten an der Schule das denken. Ich weiß auch, dass es jetzt noch zu früh für uns beide ist. Aber eines Tages werde ich achtzehn Jahre alt sein und dann werde ich an seine Tür klopfen. Wer weiß? Wer kann wissen, was er dann sagen wird? Diesen Traum erzähle ich niemandem, nicht mal Paula.
»Ich kann einen Kleinbus ausleihen und euch zum Vogelschutzgebiet mitnehmen«, meint er jetzt. »Wir fahren in der Nacht los, um im Morgengrauen das Auffliegen der Schneegänse zu sehen und sie im Flug zu zeichnen. Was haltet ihr davon?«
»Wow!«, ruft Catherine aus, die neben mir sitzt. »Gänse im Flug, das ist wie tanzende Röcke. Ich bin dafür!«
Und dann schreien wir beide im Chor, so laut wir können: »A-onk! A-onk!«

Vorhin im Bus hat der Vogelfänger gesagt: »Wir werden einem besonderen Ereignis beiwohnen und wir werden versuchen die Seelen der Gänse, ihr Wesen zu zeichnen!«
Wir hörten ihm kaum zu, waren noch ganz verschlafen. Übrigens ist Catherine nicht mitgekommen. Als ihr klar wurde, dass man um drei Uhr nachts aufstehen musste, erklärte sie: »Also weißt du, im Grunde ist mir mein Bett lieber.«
So ist sie, meine Freundin, eine zur Kugel zusammengerollte Katze neben dem Feuer.
Wir sind nicht sehr viele im Vogelschutzgebiet. Frierend stehen wir mit vor Kälte klammen Fingern am Rand des riesigen Ter-

rains, den Skizzenblock in der einen Hand, die Stifte in der anderen. Es ist noch dunkel, lediglich im Osten erscheint ein schmaler Lichtstreifen. Der Augenblick naht.
Ich entferne mich etwas von den anderen, um das Säuseln, die erstickten Schreie aus der Dunkelheit besser hören zu können. Sie sind noch nicht startbereit. Sie warten auf den Tagesanbruch.
Langsam steigt das Rauschen an, wie eine heranrollende Welle. Im Schein des Morgenrots erkenne ich weiße Punkte auf der Erde. Ich schaue genauer hin, höre merkwürdiges, aufgeregtes Gackern, ich bin ein Jäger auf dem Hochstand. Sie kommen ... ja, sie kommen! Sie machen sich auf ... sie heben ab!
Ich packe meinen Stift, meinen Skizzenblock und zeichne wie wild Linien, Bewegungen, herumwirbelnde Kurven, mit verrückter Schnelligkeit. Keine Zeit, das Innere der Körper zu zeichnen, nur die Bewegung. Meine Hand rast über das Papier. Meine Hand, ihre Schreie, meine Augen, die Flügel, alles ist weiß, mein Körper, der Himmel, die Gänse, ich fliege, ich, sie! Tausende!
Ich bin Mira, die, die schaut.

Es klopft an meine Zimmertür. Ich öffne. Meine Mutter steht im Mantel da und verkündet mit zitternder Stimme: »Ich gehe heute alleine spazieren.«
Sie dreht sich um und sagt nichts mehr. Was ist los mit ihr? Mit wem wird sie über ihre Räuber sprechen?
Ich laufe ihr im Flur hinterher, bin plötzlich beunruhigt, dass ich diesen langen Sonntagnachmittag alleine verbringen muss.

»Was soll ich dann machen?«
»Mach, was du willst, Mirabelle.«

Ich gehe von der Schule nach Hause und beobachte die Knospen, die an den Spitzen der Zweige sprießen. Das erinnert mich daran, dass ich schon bald, in sechs Wochen, nicht mehr zu Paula in ihr Büro gehen kann. Es macht mich traurig.
Als ich aufschaue, sehe ich einen großen, schlaksigen Jungen am anderen Ende des Boulevards heranschlendern. Das ist Marc! Ich hatte ihn nicht mehr gesehen seit diesem einen Mal, das mir so wehgetan hatte, als er Catherine küsste und sie dabei derart an sich presste, dass sie wie ein Tier mit acht Beinen und zwei Köpfen aussahen. Gelassen kommt er daher, schwingt mit seinen Armen und Beinen, als gehöre ihm die Welt ganz allein.
Oh nein! Bitte nicht das auch noch! Alles bricht über mich herein, die Traurigkeit, die Einsamkeit. Meine Teile zerspringen, zersplittern. Ich falle in einen endlosen Raum, mir ist so kalt ... Woran soll ich mich festhalten?
Ich schließe die Augen, um ihn nicht mehr zu sehen, es tut zu weh. Hinter meinen Lidern finde ich mich am Rande des Feldes wieder, die Schneegänse erheben sich in einem Wirbel und ich stehe mitten unter ihnen und ich lebe! Auch mir gehört die Welt! Meine eigene Welt!
Ich öffne die Augen und beginne, ohne zu überlegen, mit den Armen zu kreisen, meine Vögel streichen über den Himmel um mich herum.
»Hallo, Marc, hallo!«
Er grüßt mich flüchtig, sieht erstaunt aus. Dann wendet er

sich ab und läuft weiter, schwingt seine Beine, bewegt seine Schultern, verschwindet hinter der Wegbiegung. Er hat mich nicht erkannt. Er hatte an mir nur meine Haare gesehen, nichts anderes ...

Ganz vorsichtig, damit meine Puzzleteile nicht erneut auseinander fallen, fange ich wieder an zu laufen, während meine Vögel um meinen Kopf schwirren. Ich habe Lust in den Park zu gehen und zu schauen, ob die Blätter des Ginkgobaumes sich schon öffnen. Seine fächerförmigen Blätter sind so schön. Danach werde ich noch ein paar kleine Umwege machen und zur Rue Amelanchiers zurückgehen.

Wie ein Windstoß stürme ich in ihr Büro.

»Paula! Paula! Er ist nicht tot!«

»Wie? Was? Wer? Klopfe bitte an, bevor du reinkommst!«

»Der Baum, von dem ich dir erzählt habe. Der junge Ahorn vor der Bibliothek. Er hat fast an allen Zweigen Knospen.«

Und ich drehe mich in meinem indigoblauen Rock, den mir Catherine geschenkt hat, mitten im Zimmer.

Heute spreche ich noch einmal mit Paula über Strogoff, über mein Verlangen, die Tundra kennen zu lernen, die Tiere zu beobachten, sie zu zeichnen.

Als ich klein war, zur Zeit der irisierend türkisgrünen Farbstifte, die wie Pfauenfedern leuchteten, noch vor dem kleinen Flugzeug im Karussell, waren mein Vater, meine Mutter und ich an einem Wochenende im Frühjahr ins Blockhaus gefahren.

Meine Mutter hatte sich hingelegt und ich ging mit meinem Vater im Wald spazieren. Er hatte seine rot karierte Jägerweste

übergezogen und wir marschierten einen schmalen Pfad entlang, der von der Hütte wegführte und um den See herumlief. Er hatte mir gesagt – zum Spaß, wie das Erwachsene manchmal zu tun pflegen: »Wenn man sehr lange immer weiter nach Norden geht, kommt man zur Baumgrenze. Danach kommt die Tundra.« Er hatte mir erklärt, dass es dort keine Bäume mehr gibt, nur noch Zwergbirken, und dass die Zwergbirken so klein sind, dass man, wenn man darüber läuft, glaubt, auf Gestrüpp zu treten. Er sagte auch, dass das Mittsommerlicht in diesen Breiten das Schönste auf der ganzen Welt ist. Dort wird es niemals Nacht. Der Winter aber ist wie der Tod, schwarz und eisig.
Ich ging voraus auf dem engen, sich durch den Wald schlängelnden Pfad. Hinter meinem Rücken spürte ich seine Gegenwart, hörte seine warme Stimme, die mir die Rufe der Karibus und die Veränderungen des Nordlichts beschrieb. Ich dachte, wir würden nie mehr zurückkehren, ich würde für immer mit ihm weggehen. Tausende von Kilometern zu Fuß bis zur Tundra! Als Kind stellt man sich alles Mögliche vor …
»Hmm«, macht Paula.
Das bedeutet: »Sprich weiter, ich bin da, ich hör dir zu.«
»Plötzlich ein lautes Knacken. Vor mir, auf dem Pfad ein Elch, so groß wie Strogoff. Einen Moment lang blieben wir alle drei reglos stehen. Dann hob mich mein Vater hoch, drehte sich um und rannte los. Ich hing an seinem Hals. Der Elch stürmte in die andere Richtung davon, die Erde dröhnte. Weißt du, sie sind sehr scheu, außer in der Brunftzeit. Ich hatte keine Angst. Die Arme meines Vaters beschützten mich.«
»Du hast ihn sehr geliebt …«

»Ja«, antwortete ich und atmete tief. »Ich liebe Elche!«
»Nein. Deinen Vater.«
Ich springe auf. Ich hasse sie.
»Er ist von zu Hause weggegangen. Er hat keine Sekunde daran gedacht, mich mitzunehmen. Er hat mich mit ihr allein gelassen. Und jetzt ist er tot. ER IST TOT, VERSTEHST DU? ER HAT MICH WIRKLICH FÜR IMMER MIT IHR ALLEIN GELASSEN!«
Das tut so weh, dass ich mich auf dem Boden zusammenkrümme, die Knie an meinen Bauch gepresst, die Arme über meinem Kopf. Ich wimmere wie ein verletztes Tier.
»Das tut so weh, Paula. Das tut zu weh!«
Das wird mein ganzes Leben lang wehtun.

Zärtlichkeit

Ich wache mit einen Schlag auf, mein Kopf ist voller schwarzer Gedanken, wie früher. Ich träumte, ich fiel in einen Abgrund. Und wenn niemand gekommen wäre? Wenn dem Vogelfänger meine Skizzen des so früh gestorbenen Baumes nicht gefallen hätten? Wenn Catherine mich in der Bibliothek nicht als Erste angesprochen hätte? Wenn es Paula nicht gelungen wäre, mich zu zähmen ... Was wäre aus mir geworden, wenn ich für immer mit meiner Mutter in der Rue Amelanchiers geblieben wäre, mit gebrochenen Flügeln, ausgerissenen Federn?

Im blauen Sessel vergraben, die Arme um mich geschlungen, den Kopf auf den Knien, fehlen mir die Worte. Ich schaukle hin und her. Ich will zurück, mich in mein Loch verkriechen, alleine sein.

»Als dein Vater dich und deine Mutter verlassen hat, fühltest du dich im Stich gelassen«, murmelt Paula mit ihrer allersanftesten Stimme. »Und als er gestorben ist, hast du dich nochmals im Stich gelassen gefühlt. Jetzt bin ich es, die bald weggehen wird. Wir werden uns nicht mehr treffen. Weinst du deshalb und willst seit zwei Wochen nicht mehr mit mir reden?«

»Ihr seid alle gleich! Ich hasse euch! Du darfst nicht weggehen.«

Während wir unser Zeichenmaterial zusammenräumen und ich mich fertig mache, um mit Catherine ins Café STOP zu gehen, gibt mir der Vogelfänger das Zeichen zu bleiben. Meine Hände werden feucht. Was will er denn von mir? Er hat mich nie mehr allein angesprochen seit der Episode in der Bibliothek …

»Mirabelle, dein Talent zum Zeichnen und für die Malerei wird immer deutlicher. Du machst bemerkenswerte Fortschritte. Deine Skizzen über die Gänse im Flug sind wirklich sehr gut.«

»Danke …«

»Hör mal, es gibt einen Sommer-Kurs für begabte Schüler. Er dauert einen Monat und dieses Jahr geht es um das beobachtende Zeichnen in der Natur. Du könntest von einem solchen Kurs sehr viel profitieren. Überleg das mal, wir sprechen noch darüber.«

»Das ist unmöglich. Meine Mutter …«

Wie sollte er etwas von meiner Mutter verstehen? Könnte er sich überhaupt vorstellen, wie das Leben in der Souterrainwohnung in der Rue Amelanchiers aussieht?

»Ich würde sagen, die Liebe zu den Tieren und zur Natur, den Wunsch, sie zu verstehen, hast du von deinem Vater, wie eine Art Erbe, das er dir hinterlassen hat«, beginnt Paula.

»Ja … so könnte man es sehen …«

»Er hatte nicht das geringste Bedürfnis, deine Mutter nach der Trennung wieder zu sehen, nicht wahr? Trotzdem besuchte er euch von Zeit zu Zeit. Hast du nie daran gedacht, dass er vielleicht nur wegen dir kam?«

Es ist seltsam. Vergangene Woche hasste ich sie noch, weil

auch sie mich verlassen wird. Aber meine Wut verschwand, als Paula mir erklärte, wie traurig sie sei, dass sie weggehen müsse und mich nicht mehr treffen könne, und dass sie mir so gerne … wie hat sie es noch ausgedrückt? … »geholfen hätte, dich wieder zusammenzusetzen«.

»Und deine Mutter«, fährt Paula fort. »Was hat sie dir denn gegeben?«

»Nichts! Ich hasse die Farben, die Stricksachen, die bunt gescheckten Stoffreste! Ich will ganz weit weg von ihr, nie mehr zurückkommen!«

»Hmm …«, macht Paula und das bedeutet, dass sie nachdenkt.

»Hat sie deinem Vogel nicht wieder die Flügel angenäht?«

»So eine Mutter möchte ich nicht! Möchtest du so eine?«

»Eltern kann man nicht umtauschen.«

Ihre Stimme klingt spröde, als sie das sagt. Und ich spüre, dass ihre Augen hinter der getönten Brille traurig aussehen.

»Weißt du, meine Mutter hat mir ihre roten Haare vererbt. Ich kann sie nicht sehen. Für einen Blinden ist es schwierig, sich Farben vorzustellen. Das tut mir sehr weh.«

»Du hast die schönsten Haare der Welt … Die schönste Farbe, die ich je gesehen habe.«

»Hmm …«

»Seidig wie ein Fuchspelz, warm wie ein Sonnenuntergang. Jedes Mal, wenn du dich bewegst, stelle ich mir ein Freudenfeuerwerk in der Nacht vor … Ich wünschte so, du könntest sehen, Paula …«

Sie macht eine Handbewegung und lächelt. Wir sind ganz still, während wir an ihre Haare denken, rot wie das rote Fell des Rotfuchses …

»Danke, Mira ..., aber ... sag mal, du ... ich dachte, du magst keine Farben?«

Ich bin niedergeschlagen. Paula wiederholt ständig, dass wir uns bald trennen müssen. Sie will, dass ich das verkrafte, voller Vitalität bin, erwachsen ... Aber ich, ich bin doch noch ganz klein!

»Hör mal«, sagt sie, »ich möchte, dass du dir eine sehr wichtige Sache klarmachst, die du niemals vergessen darfst. Deine Mutter ist eine äußerst zerbrechliche Person, das habe ich dir bereits erklärt. Du kannst dich nie auf sie verlassen, sosehr du das auch wünschst. Du wirst dir andere Menschen, andere Erwachsene suchen müssen, die dir helfen, erwachsen zu werden. So wie ich jetzt. Deine Lehrer, andere Leute, die du irgendwann kennen lernst. Aber, Mira, du hast vor allen Dingen dich selbst. Du bist stark und wirst das, was du brauchst, finden.«

Ich bin nicht stark! Ich kann mich nicht ins Leben stürzen. Kapiert sie denn gar nichts?

»Du verstehst nichts. Warum bin ich so geboren, so ...? Warum bin ich aus ihrem Bauch gekommen, ich ... Warum bin ich in ein Leben geworfen worden, das ich nicht begreife ...? Das ist nicht gerecht. Das ist zu schwer. Ich kann das nicht!«

»Hör auf! Hör sofort auf!«, unterbricht Paula und richtet ihren Zeigefinger auf mich. »Du bist eine Künstlerin, du bist etwas Besonderes. Die Tiere! Die Farben! Dein Zeichentalent! Deine Phantasie! Das alles sind deine Werkzeuge. Du musst sie nur benutzen. Nicht jeder hat ein Talent wie du und das ist auch nicht gerecht!«

Paula ärgert sich über mich und ich, ganz tief im blauen Ses-

sel, möchte verschwinden, weil ich sicher bin, dass ihre Augen hinter der Brille den Augen meiner Mutter ähneln, voller Zorn und voller Hass.
»Entschuldige bitte«, sagt sie und wird wieder ruhig. »Ich bin zu schnell und ich wollte dich nicht erschrecken. Aber es tut mir weh, wenn du dir die Flügel ausreißt ...«

Seitdem ich zwei Tage und eine Nacht verschwunden war, seitdem ich struppige Haare wie ein wildes Tier aus dem Wald habe, seitdem sie ohne mich spazieren geht, hat sich meine Mutter ein bisschen verändert. Sie hat mir nicht verboten, an der Exkursion zu den Gänsen teilzunehmen. Heute habe ich es gewagt, sie das Unmögliche zu fragen.
»Mama ...«
»Was gibt's?«
»Die große Schachtel mit den Farbstiften, die Papa mir geschenkt hat, erinnerst du dich? Wollte er, dass ich die Farben kennen lerne oder warst du das?«
»Das war ich«, antwortet sie kurz. »Ihn interessierten die Tiere. Seine Forschungsarbeit. Seine Freiheit. Seine Liebschaften. Das war seine Art, glücklich zu sein.«
»Mama ... mein Kunstlehrer hat gesagt, dass es in diesem Sommer einen Malkurs für begabte Schüler gibt. Er rät mir, mich einzuschreiben. Der Kurs dauert einen Monat. Es ist weit weg. Ich möchte gerne teilnehmen.«
»Nein. Niemals!«
Paula hatte mich vorgewarnt. ›Deine Mutter wird zunächst ablehnen. Es ist hart für sie, sich von dir zu trennen. Die kleinere von euch beiden, die zerbrechlichere, die einsamere ist sie.

Aber du gibst nicht auf. Du musst Abstand schaffen, sonst …‹
Ich weiß. Sonst wird sie mir mein Leben stehlen und es verschlingen.

Die Türglocke läutet. Meine Mutter sieht durch den Spion, lässt das Schloss aufschnappen. An der Tür steht Cath. Eine Frau mit langen Beinen und Netzstrümpfen, auf hohen Absätzen, begleitet sie. Abgesehen von der Perlenkette sieht ihre Mutter nicht besonders merkwürdig aus, finde ich.
»Ich möchte euch Sophie vorstellen«, sagt Cath.
»Das ist Marie, meine Mutter.«
Sie kommen ins Wohnzimmer. Stocksteif bleiben wir alle vier stehen.
»Also …«, beginnt Sophie zögernd, »meine Tochter hat mir erzählt, dass Sie Modelle entwerfen und Strickteile, glaube ich. Ich bin auf der Suche nach neuer Ware für den nächsten Herbst und …«
Meine Mutter gibt sich nicht die Mühe zu antworten, macht auf dem Absatz kehrt und verschwindet im Flur. Wir warten ab, ohne etwas zu sagen. Ich wage es nicht, Catherine anzuschauen. Und wenn ihre Idee danebengeht?
Meine Mutter kommt mit ihrer größten Schachtel, die kaum durch die Türe passt, zurück. Sie öffnet den Deckel, dreht die Schachtel um und schüttelt sie. Tausend Farben quellen heraus und fallen mitten auf den Teppich.
»Die Schals, Mützen und Pullover sind alle verschieden«, sagt sie. »Meine Tochter mag sie nicht anziehen. Sie trägt nur Schwarz. Wir gehen nicht mehr zusammen spazieren. Sie wird einen Monat lang an einem Malkurs teilnehmen.«

Sophie kniet sich hin, nimmt die wollenen Kleidungsstücke in die Hand, untersucht sie sorgfältig, Stück für Stück.
»Nehmen Sie sie, wenn sie möchten«, fährt meine Mutter fort. »Ich werde sie auf jeden Fall wegwerfen. Ich kann diese Kartons nicht mehr ertragen. Ich kann so nicht mehr weitermachen, verstehen Sie?«
»Ich würde sie gerne für meine Boutique kaufen«, sagt Sophie. »Sie sind sehr schön. Sie sind eine Künstlerin, Marie. Werden Sie noch mehr für mich machen?«
Marie Petit bleibt die Stimme weg, dann ...
»Sie ... Sie finden das schön?«
»Meine Tochter meint, Sie nähen auch und kreieren Ihre eigenen Modelle ... Zeigen Sie mir doch bitte alles!«

Es ist das letzte Mal vor den Ferien, dass ich Paula treffe. Es ist überhaupt das letzte Mal, dass ich sie treffe. Ich bin nicht traurig, nein. Doch, ein bisschen, weil ich sie nie mehr sehen werde und weil wir nicht die Zeit hatten, alle Teile aus meinem riesigen Puzzle zu suchen. Es gibt noch viele Lücken.
Aber ich freue mich so auf den Sommer. Irgendetwas, was stärker ist als ich, zieht mich, schiebt mich und gibt mir Lust, vorwärts zu laufen.
Sie ist stolz auf mich. Ich sehe das an ihrem Lächeln, das mich einhüllt, als wäre ich eine sehr wertvolle und sehr besondere Person. Ich sehe es an der Art und Weise, wie sie den Kopf neigt, während sie sich mir zuwendet.
»Vergiss nie deine Wünsche«, sagt sie mir und macht eine Handbewegung wie ein Vater, der seine Tochter ermutigt, allein ihre ersten Schritte zu laufen. »Halte dich an ihnen fest.

Fliege mit ihnen weg. Mit deinen schönen Wünschen, deinen großartigen Wünschen!«

Zum letzten Mal spricht sie mit mir über Trennungen, über die Eltern, über das Leben, das uns geschenkt wurde und das jeder von uns selbst in die Hand nehmen muss.

»Es werden noch andere schwierige Momente kommen, Mira. Vergiss nicht, dass du noch andere Menschen auf deinem Weg treffen wirst …«

Paula packt mir schnell alles in den Rucksack, was man für eine sehr lange Reise braucht: einen Kompass, Proviant, Vitamine, Regenkleidung und warme Strümpfe. Alles verstehe ich nicht. Das macht nichts, ich nehme ihre guten Ratschläge einfach mit. Und eines Tages, wenn ich sie brauche, hör ich sie mir noch einmal an.

»Und pass besonders gut auf die Künstlerin auf, die Tiere zeichnen und Geschichten schreiben will.«

Und nach einer kleinen, vertrauten Stille sagt sie noch, dass ich ein Leben lang einen besonderen Platz in ihrer Erinnerung einnehmen würde und sie voller Zärtlichkeit an mich denke.

So hat noch nie jemand zu mir gesprochen, niemals.

Alles ist gesagt und es ist Zeit, sich zu trennen. Wir stehen gleichzeitig auf. Oh! Ich bin größer als Paula und bemerke das erst jetzt.

Ich öffne die Türe. Bereit, nicht bereit, ich gehe einfach. Mein Leben wartet auf mich! Ich komme, ich fliege, was ist denn los mit mir?

Draußen fliegt die Schneegans davon, sie schreit vor Freude. Strogoff trägt zum ersten Mal sein neues Geweih. Catherine und tausend Wunder warten auf mich. Ich weiß es, ich weiß es, ich weiß es! Aber draußen lauern auch die großen Ängste ... Ich habe Angst, aus dem kleinen Flugzeug zu fallen, habe Angst, wie eine fleischige, gelbe Pflaume aufgegessen zu werden, ganz zu schweigen vom Ameisenbär. Und meine Mutter, die Zerbrechliche, die ganz ganz Merkwürdige, die mich mehr als alles andere erschreckt ... bleibt mein ganzes Leben lang meine Mutter.

Ich drehe mich halb um, flüstere: »Könntest du mich umarmen, nur eine kurze Minute?«

Ohne die Antwort abzuwarten, schmiege ich mich an sie und sie legt ihre Arme um mich und hält mich genau richtig, nicht zu fest, nicht zu leicht.

Und so stehen wir beide eine lange, eine ganz lange Minute auf der Schwelle.